孫長江／著

紅酒啊，那個女人，可知道這個紫色的液體流淌著
滿地寂寞？爲什麼？山溝可以鎖住我前進的腳步，
卻鎖不住我的思緒和憂傷……

仰視
一朵花開

目次

言親篇

言情篇

言它篇

【序一】

畫家眼裏的詩意美

盧達甫

孫長江是中學美術教師，也是一位畫家，他在美術教學與藝術創作之餘，常寫些散文。因為是畫家，有著一種特殊的藝術敏感，他的散文就有了更多的詩情畫意。在他的這本散文集中，無論寫景、狀物、記人、敘事，作品中表現的都是畫家眼裏的詩意美。

自然界的美與畫家心靈的美有著天然的千絲萬縷的聯繫，大自然中的景與物，無疑是每一位有著畫家素質的散文作者描寫與抒情的藝術創作物件。畫家孫長江的諸多散文中，就有不少表現自然美的作品。在畫家眼裏，春夏秋冬四季景物，映山紅，荷塘，白蘭花，雪，綠樹，青草……這些自然物都是有生命有靈氣的，是純美的物化。所以，他在《一朵花開也是春天》、《寂寞映山紅》、《那片荷塘》、《有著白蘭花的夏日》、《冬與雪的戀情》等篇章中，不僅細膩多情地寫了自然物的色彩、形狀、動態，還寫出了景與物的精神、靈魂與內涵，這就使孫長江借景借物抒情的散文，有了一種情感真摯形象逼真內涵深沉的純粹的自然美。

孫長江是七十年代末生的青年畫家，面對紛繁複雜令人眼花繚亂的現代商品社會，他也與同時代的青年人一樣，有著揮之不去的困惑、迷惘、苦惱與痛苦，所以，在他作為精神慰藉與精神寄託的諸多散文中，就有不少表現現代青年苦悶象徵的抒情散文。在《你的淚在我心裏》、《月夜無語》、《今夜，誰與我舉杯？》、《一個人行走》、《就這樣一輩子？》、《平淡的日子》這些傷感的散文中，我們清晰地窺見了作者的內心世界，觸摸到了一個從貧窮的鄉村走進都市的現代年輕人的情感脈搏，看到了他們在求學、就業、愛情、事業、社交等方面青春困惑與心理波動，從而在散文中讀出了一種憂傷美，一種現代人共有的憂鬱感傷的淒涼美。

親情是古今中外散文藝術的永恆主題，父愛母愛是觸發作家藝術家創作靈感的永遠的生命火花。所以，在畫家孫長江的散文作品中，自然也不乏情真意切的寫親情的作品。在《叫聲母親太沉重》、《父親是那拉車的牛》、《母親的那聲歎息》、《娘親，莫哭》這些篇章中，作者沒有泛泛地去回憶父親母親，而是選擇一些感人的細節典型的事件，突出地寫了父母沉重的愛，這就使孫長江的這類題材的散文，有了一種特殊的濃郁的深沉的親情美。

藝無止境。散文創作講究語言精練與個性化，講究藝術構思與結構精巧，講究內涵與神韻，我想，這也許是孫長江以後散文創作的追求目標吧。是為序。

【序二】

水彩心情，詩意文章

江永彬

讀孫長江的文章，能明顯感受到作者自然而然地流露出一種情緒，有時候是寂寞的，有時候是憂鬱的，抑或還有些許無奈，但這不影響讀者持有一顆燦爛的心情享受字裏行間之美。我知道作者是一位年輕的中學美術教師，且在該領域小有成就，因而讀他的文章，畫面與色彩的張力充盈心間，一種淒美油然而生。

在成長的路上，理想與現實總有落差，好在有文字相伴，對自己坦露心跡，與山花絮語，共四季相伴，一抹憂傷恣意地潑著水彩的畫面……文章的靈性與詩意，不在於作者如何刻意營造一種氛圍與情境，而是置身於自然的懷抱裏，一份詳和安寧的心境，感受天空的高遠，萬物的律動，看到清冷寂寞中有火紅的花兒在綻放。於是，一份溫暖與期盼，便悄然溶進心田。

好的文字，猶如讀者聽見一顆寂寞的靈魂獨自歌唱。

「春」、「夏」、「秋」、「冬」，記錄了作者剛走上社會時一個階段的生活，他筆下的山溝、田野、杜鵑、荷塘、老屋……是寂寞的，但它們即使處於社會的邊緣，也不因為寂寞而不綻放盎然的生命，不重溫風花雪月的故事。

「不老映山紅」、「仰視一朵花開」、「一朵花也是春天」、「夏日的白蘭花」，這些文章都忠實記錄著作者這些情緒，在這類題材的把握上作者有值得可取之處，雖然行文有時簡約，甚至平淡無奇，但大氣、昂揚的主題彰顯作者認真嚴肅的文字態度。當然，在這類題材的寫作上也明顯稚嫩，寫景狀物詠志類文章，有時並不需要作者傾墨重彩，或細緻入微的勾繪，一個個的審美細節，是需要作者站在文字之外發力，給讀者以內心的震動，而不僅僅是視覺上的審美衝擊。

相比之下，我更喜愛作者記實類散文，一字一句總關情。如父親的願望、租房記等，都忠實記錄著作者在現實生活中的無奈與抗爭。真實的情感流露，是記實類散文的生命，而一篇成功的散文還需要有打動讀者的情感審美之細節，這些細節不是「編」出來的，是你在生活中感受親情愛情友情的美好，那些打動了你的生活真實，必然也能打動讀者。

仔細地看了孫長江的文章，總的來說，作者在文章題材的選取上都有好的眼光，對「寫什麼」有很好的領悟，在審美的價值取向上無疑值得肯定。題材選得好，審美的價值取向問題解決了，其實還有一個「怎麼寫」的問題，這就是文章的審美細節問題。關於審美細節，或者說「怎麼寫」，關鍵的不是寫作技巧問題，而是作者對生活的感悟能力問題，是作者如何在生活中能保持一顆平凡之心、養成淡然超脫、寧靜致遠的觀察事物的視角；是作者如何能用心真正感受到平凡生活中的真善美。孫長江做到了，但是做得還不夠好，這也包括我自己在內。

言世篇

江南春雨

江南三月，春雨霏霏。有風吹過，雨姿飛揚，灑在春天的氣息裏，細如絲，軟如棉，纏如麻，淋透了復蘇的凍土。煙雨濛濛中，我倦縮在這個雨中江南的小城，看雨。

如簾的細雨在我的窗前不曾停歇，遠山近樹都籠罩在朦朧的淡煙雨霧之中。天井湖上湖水珠盤跳躍，飄落得浪漫與迷離，好似輕盈纏綿的夢境。眼下的春草，青青的色澤，沐浴著溫柔的細雨，漸漸地浸透全身，宛如浴後江南的女子，如荷，亭亭玉立，風情萬種。放眼望去，雨中的小城如煙如畫，碧瓦飛甍，柳梢乍濕，洗得清澈淋漓，依在如霧的叢山中，一幅江南如畫。我便在這個如畫的小城做一個江南的子民。

枕著雨的叮嚀聲一夜。清晨，綿綿細雨還在交織著，有風吹過，絲絲冷意，仍忍不住走上陽臺，看這雨中的景象。眼下，春意盎然，這麼久的落雨早潤濕了復蘇的凍土，春的氣息在雨中撲面而來。門前的柳條偷偷地伸展著關於春天的記憶，一棵香樟樹被雨洗得淋漓盡致，片片葉子嫩嫩的翠綠，雨滴直直的在綠葉上結集、停留、落下，葉像出水的荷，不勝嬌羞。「三分春色二分愁，更一分風雨」，塵世間，多情的雨，濕了誰的心事？

雨淋漓不息，時大時小。我便在雨中騎著電瓶車上班、下班，周而復始。喜歡這樣的雨季，儘管有一絲涼意，穿行在路上，不穿雨衣，不著傘。雨中的街道更顯冷清，偶爾那些急駛而過的計程車不解風情，濺起高高的水柱，躲在玻璃車窗內豈能感受這春雨的詩意。雨的世界，單純而又聖潔，兩旁的香樟樹婉拒細雨淋濕的傷感，滋滋濕潤。水洗的瀝青路面黝黑的賊亮，細水如布，敲打著，說春來過。

春雨抵達的日子，我的諾諾寶貝就誕生在這個雨季江南，出生十幾天了，渾身濃濃的奶香。此刻，她就在我的懷抱，走到窗前看雨，睜著大大的眼睛，忽閃忽閃，看世界，看窗外，與我對視。書上說十幾天的寶貝視線只有幾十釐米，我想，寶貝是可以聽見的，寶貝是可以聽見這如簾的細雨敲打窗戶，聽見整個江南叮鈴的雨聲。我會在寶貝長大的時候告訴她，那年你在江南一場詩意如畫的春雨中出生，枕著雨落丁香油紙傘的柔潤入眠。

「小樓一夜聽春雨，深巷明朝賣杏花」，該是踏青尋夢的季節，想念家鄉的那片青青的田野，想念家鄉那綠油油的油菜田，母親說這場雨來得太及時，只是下得太久。母親是不知道的，這暢快淋漓的春雨不是某一個人的願望。雨落霏霏，淋淋瀝瀝，江南的春雨都是柔綿溫婉、持久的落雨，慢慢地淋濕江南，漸漸地浸透江南，俘虜每一寸江南的土地。當然也包括我的家鄉，那雨中青磚灰瓦的老屋，曾踏歌而行的田野，母親精心侍弄的油菜田，一切都在春雨中被梳理得詩情畫意、溫柔婉轉。

在這個落雨的初春，開始擔心奶奶的老屋。奶奶一個人獨住，兩間瓦房，青磚灰瓦，爺爺在世時建造的，陳舊。綿綿長長的春雨滑過奶奶的屋簷，我想奶奶肯定又會把木桶放在屋簷下接水，拿回家淘米做飯。曾多次勸說過奶奶屋簷下的雨水不可飲用，奶奶卻一直認為這是是最乾淨、最甜美的雨水，是上天灑落給人間的禮物。

奶奶執著的說爺爺在世就是這樣吃屋簷的雨水，原來，奶奶那是在守著一個人的時代。

江南的雨是一個夢，有夢的日子便有嚮往，我便在這個雨季簡單的生活，懷有夢想。窗外，春雨纏綿，洗滌這個江南。我在室內洗衣做飯，拍著哭啼的諾諾寶貝，寶貝在我的懷抱甜甜的入睡，就像雨輕輕地落在雨的懷裏一樣。帶著寶貝的奶香轉而安靜的寫字，雨又在窗外頑皮的敲打著我的窗，文字一直是我的夢想。

我的山溝，四季行走

春

當春姑娘的綠短裙佈滿荷塘邊的柳條時，山溝裏的最後一片雪正慢慢融化，小山上野花已經開得漫山遍野。溫柔的春風輕拂過我的山溝，綠了小路旁的香樟樹，綠了荒蕪的田野，綠了整個小山，將我淹沒在這片綠的海洋。

昨天，老屋屋簷下的燕子銜回來了萬物復蘇的季節，那年的蝴蝶在我的窗前翩翩起舞，煽動著這個彩色的日子在飛揚。

黃昏，我獨自一人行走在青青的田埂上，踏著復蘇的凍土，軟軟的，像踩著一個個充滿憧憬的日子。草兒瘋長，收藏著冬遺留下來的痕跡。

小山上，杜鵑花開了，姹紫嫣紅。人們早就忘了杜鵑啼血的故事，只有孩子們那般的熱愛，爬著小山，采回來一簇簇紅杜鵑。那個午後，我陪著你去採漫山開遍的杜鵑花。翠綠的植被上，杜鵑花放肆的盛開著，春天的氣息沉醉在風中，我們走進一片初春的樹林，明媚的陽光透過樹的縫隙，映紅你微笑的臉，花兒微醉。

三月的桃花，醒了，用一抹桃紅點綴著山溝，開始放飛關於春天的夢想。我就在第一朵桃花綻放的時刻，邀你去看桃花羞澀的臉龐，當桃花在你的面前靜靜的微笑時，大片大片的花瓣開始灑落我的天空。花開的喜悅是你美妙的心情，止不住的愛戀只是對視的那一眼。我企圖用一朵桃花來掩飾我慌張的表情，並用顫抖的目光偷窺你，說出埋藏在心裏很久很久的秘密。

春本是一個充滿希望的季節，莫非我無所寄託的心也和這個季節一樣復蘇。牽掛是憧憬的開始，真想握你的手，在那棵老桂花樹下再邂逅，不再鬆開我的期盼和擁有。我們展望著春天的夢想，將我的願望、你的設想、還有我們共同的收穫一起攬入小幸福的糧倉。將日子開成你溫暖的曖昧，讓思念無止休的怒放，急切的要走過夏。

在春暖花開的季節，我行走在這個城市的邊緣。踏著晨曦，沐浴春風，行過綠海，來到山溝，移動四季的腳步，演繹著孤寂的單調，含蓄著歲月生活。黃昏追不上我離去的腳步，依舊錯落於城市裏，是要了卻誰的緣？

心如四季，漂浮若塵。喜春，哪怕春夢一場。相攜相擁間，織一片陽光明媚。醉也千年，醒也千年。我們一起，走過春季。在這個小山溝，守候夏，那又是誰的季節？

夏

六月，正值夏季。不經意間，一陣陣花的芬芳纏綿著夏風吹滿了小山溝，令人心曠神怡。白蘭花！一身白紗，淡雅素淨，悄悄的開放，使夏日的山溝處處彌漫著白蘭花的清香。這些純潔的小花，不張揚，不奪目，亦如山溝佩戴白蘭花的女子，不是那麼嫵媚動人，也不是那麼妖嬈富貴。然而，這份簡潔的單純卻是那麼聖潔高雅、超凡脫俗，恰似繁華落盡後的淡泊和清寧。

某個週末，禁不住荷的誘惑，獨自一人去看學校後面的荷塘。清清幽幽的荷香襲人，翠綠的荷葉如盤，亭亭玉立的荷花作一抹淺紅模樣，還有後面的小山，宛如一幅清新淡雅的水彩畫。我站在荷塘旁，彷彿看見你，依一葉小舟，載滿荷香，左一腳千年，右一腳百載，姍姍而來……

暑假，沒有孩子吵鬧的山溝很寂靜，老屋成了我們的避暑山莊，我陪著你在這炎熱的夏日享受槐花樹下的陰涼。悠悠夏日，陣陣蟬聲，微微清風，在這山溝裏演繹成優美的旋律。不要繁華，不要高樓大廈，也不要空調偽裝的涼爽。一起賞花、看荷、聊天、讀書、繪畫、玩耍，太陽從東邊的山溝起又落西邊的山溝下，月兒缺了又圓，圓了又缺，且作年華。忘了日子，忘了天下……

在這個夏季的山溝，日子平靜如水，沒有了煩躁的思緒，沒有了鬧市的繁華，我們倦縮在老屋裏，看窗外的楊柳輕舞婀娜，聽荷塘裏蛙聲四起。最後我看你淺淺的笑靨，暗藏著縷縷的柔情，滋潤了房間裏的每一絲空氣，演繹著我們的夏季。

你是這個夏季躲藏在翠綠的葉子下一朵平凡的白蘭花，潔白如雪，嬌嫩纖長，靜靜地散發出醉人的芬芳。沒有爭姿鬥豔，沒有奼紫嫣紅，卻平添一份優雅嫵媚，一種隱約風情。擁著你，如處子低首，嬌羞不可名狀。惹得夏日有點慌張，蟬有了幻想。

你是這個夏季荷塘開出的最後一朵荷，一朵潔白的素淨的也是柔弱的荷。我曾用溫熱的手無數次從你含苞欲放的容顏輕輕的滑過，心蕩起的漣漪起起伏伏層層疊疊在顫抖。微風拂過，我陪你一起搖擺，左也千年，右也千年，把一個個日子搖曳在幸福的心海。

這個夏季快要過去了，明天，我是否可以把一切寂寞抖落眉梢？是否可以和山溝作一個別離的擁抱？是否可以帶著你浪跡天涯海角？

秋

冷冷的秋風裹著我的行李飄然而至的時候，山溝裏的一片落葉正打著旋飛舞著，靜靜的落在我的腳邊，俯首拾起，鑲於我歲月的記憶。那劃破時空的痕跡，一直烙在我流年似水的夢幻中。透著涼意的陽光碰痛了秋的思緒，我零碎的腳步打破了山溝的寂靜。

秋天的山溝沒有一點生機，散落的幾戶農舍被古老的楓香樹遮擋著，樹梢上的葉子在風中訴說著秋。山的角落，孩子們的吵鬧試圖打破山溝的孤寂。我把自己交給一棟破舊的老屋，用目光徘徊著小山。聽說小山有一個很詩意的名字，月行山——月亮行走在山溝。這是一個古老的傳說。

山溝的角落下散落著一些農田，秋雨綿綿的時候，漫步在濕濕的田埂，遙望雨中朦朧的山溝。灰色的天空，模糊的村落，和諧自然的構成一幅田園風光。在這剎那之間，讓靈魂定格成恬靜，丟掉片刻的煩惱和歡喜，將自己慢慢的融化於雨中，悄然的洗滌輪迴，尋找一份原始的淡然與超脫。

於是，我行走在秋天的邊緣，遺忘拾起的記憶，無法把握的落寞卻縈繞在心間，輕輕的歎息……

秋夜如約而來，老屋，寂靜，我，坐在窗前，懷著一腔頹廢的愁緒與夜僵持。燃起一支白色的「七匹狼」香煙，把一個個煙圈送入夜的懷抱。破舊的籐椅在我的不安中吱吱的呻吟，窗戶上的碎玻璃哼著古老的歌謠。外面便是黑夜，吞噬了小山，村落，正向我襲來，今夜沒有月亮。

這樣的夜晚，思緒似溢出杯沿的液體在不斷蔓延，回憶像條蛀蟲一點點地攪動我心中塵封已久的往事，揪心的痛。山溝可以鎖住我前進的腳步，為什麼？卻鎖不住我的思緒和憂傷……

在秋天的山溝裏，不經意間偷看了你的心情，在滿眼落葉之間營造一個溫暖的故事。用偽裝的堅強觸及你內心的孤寂，用手指輕輕地抹去你臉上倚著的哀愁，也用溫暖慰藉曾經傷痛的記憶。彎月如鉤，幽幽靜靜的夜，不見廣寒宮主的嬌羞，我給了你一個童話，你告訴我一個古老的傳說……

秋原本是一個收穫亦或悲傷的季節，孤寂的山溝給予我不曾預料的溫柔，用心拾起一片片被世人遺忘的落葉，堆積成滿河的愛戀，試圖去救贖一場風花雪月。

在秋的盡頭，悲傷依然是美麗的，愛也千年，恨也千年。就像人生的每一個季節，刻骨銘心的溫柔編織著的浪漫似一葉小舟，在風雨中漂流……

這個秋季，這個秋季的山溝……

冬

山溝的腳下，隱藏著一片沉睡了五千年的荷塘。秋一轉身，荷便枯了，若陳年的舊照片，沒有著落的傷感。我，一個人，踏著殘陽如血，靜靜的與這片荷塘相約。殘荷如老嫗，殘杆若拐，一起守望著這個山溝的冬季。寂寞是荷，在無人垂青的角落，盛開，獨舞，凋零。

不曾預約的一場雪，試圖掩埋這個山溝的冬季。漫天飛舞的雪花，沸騰了這個孤寂的村落，孩子們用稚嫩的小手托著冰冷的溫柔。雪冰清玉潔的身軀擁抱著小山、村落、田野，還有我的老屋。

我看著雪花在我的窗前飄過，俏皮的幾個還親吻著玻璃後面的我，要用想像的溫暖融化我的冷漠。在我的眼簾，去年曾和我預約的那片雪花沒有如期的出現，黯然神傷，也許我們又要錯過……

雪夜，以冬季的名義偽裝了整個山溝。小山上，幾棵古老的楓香樹圍成的樹林鋪滿了一望無際的純潔。月兒爬上了樹梢，將她羞澀的光暈灑在雪地上，幽幽的湛藍，暗暗的寂靜，我在窗前偷窺這月與雪的戀情。不經意間發現，山腳下，凌亂的，深深淺淺的腳印，在雪地上蜿蜒。莫非，山溝裏還有人寂寞如我？

冬日的晨，寒冷，寂靜。整個世界彷彿一個籠著輕紗的夢，山溝似乎沉睡了幾千年。小山、村落、田野處處留下月與雪纏綿的痕跡。我裹著晨霧的溫暖來到這個雪的世界。操場上鋪滿了厚厚的一層雪，小心翼翼的足跡還是傳來雪的呻吟。如此單純的白，如此白的單純。我站在中央，突然有了朝聖的恐慌，是觸動心靈的微顫。

於是，一種淡雅的寫意在心中油生，我用這些純潔堆起一個你，用心描繪冬季飄零裏存留的完美，將屋簷上的冰凌捽成冰花的晶瑩作你的衣裙，刻上你的名字。然後擁抱，等著姍姍而來的你，一定要踩著我的足跡喲，尋找重合的樂歡，讓你和雪人一樣美麗。偷偷地告訴你，雪人沒有眼淚！

在這個冬季的山溝，你像個怕冷的暖陽，需要能量不斷地釋放。你說你最怕冬季，寒冷已在你心中紮了根，你的冬季早已經沒有了想像的溫暖。

如果是這樣，讓我凍結在嚴寒吧！換給你一點點溫暖。如果是這樣，讓我用二個夏季換取你一個冬季，好嗎？

在這樣的冬季，讓寒冷冰封你的憂傷，將你最美的回憶化著漫天飛舞的雪花，在空中輕舞飛揚……

在這個冬季的山溝，擁著你，喜也千年，悲也千年。想著海子，面朝大海，春暖花開。

等待一場雪

冬日，暖意融融，陽光明媚，不經意的溫暖撲打著每一個如水的日子。我，站在江南，踮起腳尖，等待一場雪。

這個冬季會下雪麼？會的，有期盼就有希望，有等待才有夢想，深信，那遙遠遙遠的天堂早已經醞釀好了所有人的願望，只等著一個待嫁的日子，從天而降，飄飄灑灑，唱著，跳著，輕舞飛揚。

記憶中，雪一直是個美麗而優雅的化身，總是讓無數人為之歡呼雀躍，總是有著凌亂的，深深淺淺的腳印在雪地上蜿蜒，總是在雪地上有著許許多多動人的故事。想念那年的冬天，飄著雪的冬天，以及那個無關於雪的記憶。

想起那兩年山溝裏漫天飛舞的雪。那一片片，一朵朵，一叢叢雪的精靈撲天蓋地，小山、村落、田野、還有我居住的老屋全部被埋葬。一瞬間，沸騰了那個山溝的孤寂，完美了所有孩子的夢想，滿足了我期盼很久很久的願望。

於是，我和孩子們奔跑著，歡呼著，用冰冷的手去托著那同樣冰冷的溫柔，用熱烈的擁抱去迎接那個冰清玉潔的身軀。我們用這些純潔堆起一個個美麗的雪人，將屋簷上的冰凌摔成冰花的晶瑩作她的衣裳……

日子飛沙，雪未下，等待一場雪，這個過程其實已經很美，每天都有一個新的期盼，莫名的數著飄雪的日子，思念潛滋暗長，我們便在這個等待的過程中看盡雪花飛揚。

等待一場雪，那是等待一場千年的約定，無怨無悔，一如既往，我守候在江南水岸，以一種虔誠的姿態，等待這個冬日最美最美的風景。

等待一場雪，那是等待一個新的重生，讓雪花把所有陳舊掩埋，我將在雪的世界裏，坐在窗前，看著雪花，一片一片落下，安靜的去想或者什麼都不想。

等待一場雪，等待一場可以洗滌靈魂的晶瑩，那些六瓣潔白的百合花，是多少人神聖的信仰，曾牽動了多少與我般虔誠的仰望。

等待一場雪，在寂寞的鼻尖張望，讓這開在深冬的花朵，拂去滿眼的寂寞與繁華。

期待，某日。一覺醒來，拉開窗簾，飛雪翩然，滿地的雪花在張揚。

那時，那個飄雪的時刻，我將在站在雪中央，裹著潔白，不走開，誰都不要走開。

伸出我的手，仰望著漫天飛舞的天空，等待，等待，充滿期待而羞澀的等待，等待雪花飄落在我的掌心，我將在雪的歡呼聲中去擁抱，輕輕地擁抱。

來吧！朋友，請踏著我的足跡，輕輕地，輕輕地，不要驚動雪人，來到雪中央，來和我一起分享這場潔白的盛宴。

來吧！朋友，在這個盛世的江南，在這個歡舞的世界中，和我，一起，看這潔白的江山如畫。

來吧！朋友，請不要拒絕這些小精靈的邀請，和它一起飛舞，和日子一起飛揚。

來吧！朋友，讓一場雪完美所有人的夢想！

那年的野菊花

似乎一夜季節就完成了更替，從一個季節走到另一個季節。如果非要賦予它一個形式載體，那就是這場綿綿秋雨抑或絲絲涼風做了夏的終結者，拒絕悶熱與煩躁，在延續夏日的余溫中吹起了秋的集結號，開始講述另一個季節的故事。

我在第一片落葉的搖曳中走進秋的時光裏，城市的水泥路面耐不住落葉的歎息，百花寂寞，滿眼盡秋，在喧囂的城市擁擠中，記憶總是與現實叛逆，我不得不想起曾經生活的山溝，那片寂靜如水的山溝，老屋、村莊、田野、小山，總是在這片灰色的畫面中跳躍出那一簇簇、一叢叢金黃色的閃著一片輝煌奪目的亮點兒，鋪在山坡上，立在山腳邊，長在馬路旁，倚在牆角處，遠遠看去，如天上的繁星，一直瀉到地上，活像一扇豔麗動人的鳳尾，又像一條被霓虹燈照著閃爍發光的衣裙。那些綴滿花朵的修長的枝條，紛亂的垂落交叉著，絢麗的色彩，清閒的芬芳，散發著淡淡的香氣，那是秋天山溝裏最亮麗的風景。

常見學生上學帶來一簇金黃色的野菊花，貼一朵放在書包口，擺幾朵放在課桌旁，放一束在講臺上，陣陣清香。後來看見許多同事中午去外面採摘野菊花，放在陽臺上曬著。聽一個同事說野菊花不但好看還具有極佳的藥用保健功效和極高的飲用價值，是適宜現代人飲用的一種保健飲料茶，含有豐富的營養保健成分，能清熱解毒。將摘下的野菊花洗乾淨，曬乾，在你感到咽喉疼痛、口乾舌燥時，泡上幾朵，喝幾口，就會感到沁人心脾的清涼直入肺腑，疼痛很快就會消除。夏天天氣炎熱時，喝了野菊花茶還能清熱解暑。

野菊花開得漫山遍野的季節，我會在一個夕陽的傍晚去採摘野菊花，把那些散佈在上坡上、灌木雜草叢中的野菊花一枝枝地拔出來或者從根部折斷，積成一堆抱回去擺放到老屋的門前，贏得滿屋的清香。選擇幾朵造型好看的野菊花養在花瓶裏，放在書桌上，在夜晚聞著淡淡的菊花香，靜靜地去讀一本書。三兩天，葉子就會捲曲起來，有的漸漸變得焦黑，花朵開始瑟縮著在枝頭飄搖。選擇那些花蕾較多的摘下來，塞到枕頭底下或者櫥櫃的角落裏，讓山溝生活不時有了一陣淡淡的芳香。

秋天，山溝裏的野菊花，平凡、樸實而溫馨，靜守著這份淡泊和清淨，似乎一下就剔除了世間浮躁。每個日落，靜靜坐在老屋前看著漫山遍野的野菊花，心裏的浮躁就在一點點的透出，直到散盡。心就會變得幽雅清逸，似乎一切的繁雜都變得簡單，一切的憂愁都變得很淡，一切的沮喪又變成了嚮往。

秋風瑟瑟，萬木蕭蕭，這不是百花盛開的季節，也沒有溫室裏的營養，那些小小的野菊花已錯過了百花盛開爭相鬥妍的春天，但它沒有抱怨，沒有失望，迎著淒惻的冷風，在荒郊野外，雜草叢中倔強的挺立，傲霜鬥寒。雖然沒有其他花兒那麼婀娜多姿、嫵媚動人，但是它卻能不適時宜的生長，與風霜做不屈不撓的鬥爭，具有頑強的生命力。雖不華麗，卻有一種樸實的美，雖不耀眼，卻依然充滿夢想。在秋的深處，燦爛的像太陽。

如今，山溝裏的野菊花仍在寂寞中獨自斟酌詩歌的情緒，在寒冷之前，在秋的末梢和風霜一起守望。而我，開始行走在鋼筋水泥的城市，離野菊花越來越遠，離世俗越來越近，最終用現代文明丟了野菊花的夢想。

親吻陽光

深秋，午後，我坐在教師公寓旁曬太陽。

許是上午敲鍵盤太久，中午去食堂吃飯的時候突然感覺很累，腰酸背痛，回來路上看見對門的同事在曬太陽，一臉的陽光燦爛，她說陽光的感覺真好。就是這句話讓我想起好久沒有享受一下陽光了，於是放棄回去接著敲字的計畫，搬張椅子做到門前。

陽光下，空氣中彌漫著溫暖而沒落的氣息，門前的小樹散發著熱烈的光芒，右邊本已破舊的小亭子在陽光的照射下熠熠生輝，明媚的陽光懶洋洋的灑落在三三兩兩行走的學生身上，像青春跳動的火焰在閃閃發光。我微微仰起頭，瞇著雙眼，感受陽光的撫摩，試圖讓自己享受一場陽光浴。

有多久沒曬過太陽？我不記得了，我一直在看前方的路而忽略了陽光。記得小時候，凡是陽光明媚的日子，準會在草地上瘋玩。夏天躲在樹蔭下和陽光捉迷藏，冬天便四處追逐陽光。記憶中與陽光的約會總是讓我們歡天喜地，在草地上翻跟頭，在山坡上看《故事會》，呆呆地看太陽落下，那樣的陽光是兒時快樂的寶藏。

現在，寄居在城市的高樓大廈下，把自己投入在浮躁的生活節奏中，慌亂的腳步、忙忙碌碌的生活讓我忘卻草地的模樣，忙碌的白天，疲憊的夜晚，內心的壓力和煩躁讓我忽略了身邊的陽光。於是開始迷惑，開始失落，麻木的工作，麻木的生活，忘了七彩的陽光。

忽然感覺自己很煩，在沒完沒了的煩瑣中掙扎，把自己投入到一個機械的快節奏運轉中，不敢做短暫的停留。速食式的生活，讓我失去了沿途的風景，在時間長道裏留下的氣味或者痕跡一片虛無，那原始的自然的嚮往便沒落在一個個不經意的街頭。一再對自己說慢一點再慢一點，風景其實很美好，精神的愉悅和生活的追求同樣重要。

想起一個朋友對我的勸慰：請你走到陽臺前，看著陽光，陽光很刺眼，你有沒有發現，你在微笑？天冷了要曬曬太陽，心冷了也一樣，把你那沉在心底的發了霉的情緒都拿出去曬曬，心情便好起來。陽光一層層的撒向我。

現在，我就在這個午後，打開心扉，放鬆自己的心情，張開雙手，曬著暖暖的太陽。把自己完全裸露於空氣中和陽光擁抱，慵懶的享受著陽光。暖暖的，溫柔的，曖昧的，充滿了誘惑的陽光包裹著我，灑在身上的暖意給了我久違的浪漫的情懷，斑斕的陽光散發出淡淡的芬芳，咀嚼陽光的味道，那是心中原始的甜美。

是的，懂得生活的人，就應該懂得享受陽光，無論四季，無論所謂的繁忙，用心去擁抱陽光，只有陽光是如此的公平，無私的灑向芸芸眾生，富人的陽光和窮人的一樣廉價。而我在忙碌中差點錯過陽光，心在別處，陽光便與我擦肩而過。生活在別處，我總是跟不上陽光的步伐。陽光在別處，那就打開門拉開窗走出去擁抱陽光。就從現在開始，不，就這一瞬間，關注陽光就像陽光關注我一樣，去親吻陽光就像陽光親吻我一樣，享受陽光便是享受生活。

仰視一朵花開

一抹陽光的假期裏，冰雪開始融化，遭遇漫長的冰雪覆蓋，復甦的凍土狠狠地喘了口氣，松了松脊背，開始收藏關於冬遺留下來的痕跡。

門前的樹木似乎都做好了迎接春暖花開的準備，當然也包括那棵古老的月季樹，在蒼老中蘇醒。母親說這棵月季樹該有十幾年了，剛開始的時候開得比較茂盛，一進春天，數百朵花兒爭姿鬥豔，姹紫嫣紅。現在衰老了，偶爾一二朵花兒立在枝頭，且算春天。今年會有花開麼？母親搖搖頭。一旁的小侄女卻說，會的，老師說過春天花會開。我也開始期盼在這個新年的假期，會有花開。

一個有霧的清晨，我在院子裏踱著步子，走到月季樹前，打量著這棵比我高大的老樹。抬頭間，突然發現在一個枝頭有一朵花蕾。是的，在幾片灰暗的墨綠色的葉子中間真的有一個蓓蕾。很小的，指尖般大，熟褐色，俏皮模樣。有一朵花！我大聲叫喊，又似乎怕別人破壞，弄得很緊張，手足無措。

這個假期會有一朵花開！是我喜歡的月季，我將守望、等待著一朵花開。英國詩人布萊曼說：「一朵花裏窺天堂，一粒沙裏見世界。」那麼，我豈不是可以仰視一座天堂？現在，有多少人會有閒情逸致守著一朵花開，聆聽一朵花開的聲音？我可以！就在老家的新年裏遭遇如此幸福的事兒，我願意把假期的所有時間來眷戀這朵花開。由於它長在高高的枝頭，我不得不每天仰視它。

仰視一朵花開，在春天的每一個清晨，看它寂寞地立在枝頭，滿懷心事，不知昨夜花兒又與早春的嚴寒作了怎樣的鬥爭。花朵的邊緣有點枯萎，那是受傷的痕，然而花蕾還是緊緊地握在一起，慢慢地的壯大，那花蕊裏是滿腹的委屈還是執著的信仰？仰視一朵花開，在每一個午後，花兒特別精神，佯裝就要開放的模樣，那片幼小的花瓣早就裂開一條縫隙在張望，花朵前端尖尖的暗紅在陽光下閃亮，在微風中搖曳生姿，散發著陽光的氣息。仰視一朵花開，在黃昏，它靜靜地立在枝頭，淺淺的緋紅，似乎淡淡的哀怨，就要掉進夜的河裏，惆悵。

這朵花開要多長時間？我不知道，我每天都在注視著它，似乎不見它在長大，但我知道我是虔誠地在仰視一朵花，含著快樂裹著期盼。或許，這朵花開的時間很短，如曇花，一瞬間就突然開放，花開，也就是花謝，短暫的完美，永遠的地老天荒，繁華後的凋零，飄落於地，化為塵泥，遺憾滿足了期盼。也許，這朵花開的時間很長，無邊的寂寞，漫長的等待，一個人在慢慢地積蓄力量，在黑暗的困境中努力掙扎，根植於頑強的信仰，要開放！在一個不經意的清晨或夜晚把她所有的美麗一點點地釋放，好美的一朵花！我們在欣賞，我們恰逢路過，我們把她捧在手心，驚羨於一朵花的美麗，有誰知道，這朵花兒經歷了怎樣痛苦的努力與掙扎？這朵花兒的花期究竟有多長？這朵花兒是否也有期盼？

仰視一朵花開，這是一種嚮往，每個人心中都有一個秘密花園，每天開著一朵花，那是花兒的天堂。我深信，一朵花的天堂裏有千萬朵花兒在開放。仰視一朵花開，也是一種期待，或許一朵花開的過程很簡單，只是綻放，但長久的期待裏是不是有快樂在蕩漾？仰視一朵花開，更是一種態度，在一朵花前放下所有的煩惱，虔誠地凝視，聆聽花開的聲音，守候花開的時間，享受花開的幸福。

一朵花開那是一個生命的歷程，花期是它的一生，只要花兒不凋零，生命就不會停止。其實，人生亦如這朵花開，在時間的長河裏一絲一縷地開放。要開一朵美麗的花，就要有一個信仰，並為之付出努力，無論是在百花叢中還是一個人的守望；要開得鮮豔，就要尋找到一片屬於自己的綠色和希望的地方，然後挑選一個適合自己的枝頭，在那裏微笑，歌唱；要讓自己的花期更長，就要不斷的吸收營養和壯大，積蓄力量，奮發拼搏，綻放，綻放……

不得不仰視一朵花開！

寂寞映山紅

一個平淡如水的週末，我正在老屋前面曬著陳年的記憶，那年的蝴蝶在我的記憶中躍出，扇動著翅膀飛向如火似血的小山。一抹陽光下，金黃色的蝴蝶一路翩翩起舞，攪亂我古老的思緒，尋著蝴蝶的翅膀，我突然看見了漫山紅遍的映山紅。

我一直忽略了這個和我一樣孤寂的花兒，儘管它曾占住了我兒時記憶的一部分，那采了一束映山紅就以為擁有了整個春天的年代。都說映山紅是報春花，紅紅火火是春的開始，滿山遍野是春的精神，可山溝裏我曾多次視而不見。

止不住這火紅的嚮往，我還是走進了映山紅的世界。蜿蜒的山路旁，這個春天的精靈正在一展風采爭奇鬥豔，樹木下、草木叢中一片片奼紫嫣紅。它們似乎都在以最熱烈的方式歡迎著行人，可我不明白這個偏僻的山溝裏又會有幾個人會垂青到此？或許它們也只是獨自綻放蜇伏已久的心事，沉寂一年，瘋狂一次。不是為了凋謝而開，也不是為了炫耀而開，不為別人燦爛，只為自我陶醉自我宣洩。

不知不覺中我已站在這火紅的世界，放眼望去，整個小山上一樹樹、一坡坡、一簇簇的映山紅你追我趕爭先恐後地在盛開。小溪邊，映山紅臨水而棲，平添一份風韻。大樹下，映山紅空穀自芳，與百木競秀。草叢中，映山紅孤芳自賞，獨自風流。懸崖上，映山紅鬥霜傲雪，堅守一份堅貞，一份浩氣。「樹頭萬朵其吞火，殘雪燒紅半個天」該是對萬山紅遍層林盡染的映山紅最好的形容。花如其名，它們把整個小山，甚至是整個春天，裝扮得流光溢彩，宕蕩起伏，如此的壯觀和美麗。

在無言的感動之中，在一陣陣感慨之餘，我對這滿山的映山紅油生敬意。在偏僻的山溝裏，在這無人垂青的角落，在乍暖還寒的季節，所有的花朵都還畏懼於季節的威嚇之時，映山紅便在殘雪明淨的小山上，以高昂的激情把滿腔的熱忱、堅韌的傲骨以及執著的信念，向天空怒放，在輕風中飛揚。才引得百花竟風流，才引得春回大地，才讓一個個春暖花開的季節復蘇。

映山紅是孤寂的，它們一生都在閉塞的山溝深處默默活著。山溝裏有誰會在意這漫山遍野的植物，花期一過便沉寂在灌木叢中默默無聞，甚至被砍柴人拾了回去做柴火，還有誰識得映山紅的根？即使在最絢爛的花期，開得燦如紅霞、豔若火焰，也無人垂青，沒人憐愛，心事又會有誰知？然而映山紅聽慣了澗泉和山溪的歌唱，以及飛鳥們不慎遺失的啁啾，寂寞沒有使它窒息，綿綿的幽靜把它修煉得空靈飄逸，超凡脫俗。

映山紅是忍辱負重的，山路旁、叢林中、荒坡上、懸崖上隨處可見。丟棄、砍伐、踐踏、焚燒只能使它身毀，不能阻止它重生。只要根還在，只要春還會來，它照樣萌芽抽枝，展葉孕蕾，揚笑吐芳。如此的倔強，你只能從那藏於草叢中的枯樹殘枝上，看到它與劫難抗爭的痕跡和生生不息的奮鬥。剛毅堅強中透出一股氣質，彷彿有一種不畏艱難，敢於同惡劣自然環境抗衡的巨大力量。

映山紅是不老的，每一個春天都一樣盛開，只要有山巒的地方，就會有它嫣紅的花朵在春天怒放。每一片花叢都千姿百態，有的濃妝豔服，有的淡妝點雅；有的丹唇皓齒，有的芬芳沁人。五光十色，千變萬化。每一個枝條上都簇簇相擁，如綴錦帛，如霞駐棲。每一朵花兒都片片精緻，含苞欲放的嬌羞模樣，張開熱情懷抱的嫵媚動人。

下山的時候捧一束映山紅且算滿載而歸，那年的蝴蝶已在我的老屋前酣然入睡，儲存風乾了的記憶，扯一片嫣紅關了山溝的門。

村口的荷塘

又是夏荷的時節，禁不住荷的誘惑，一個週末獨自回家去看村口的那片荷塘。遠遠的就聞見那清清幽幽的荷香，彷彿又聽見荷在喃喃自語。眼前一汪綠意，如盤的荷葉相竟攀援，一片挨著一片。似一把把翠綠的小傘對著天空充滿了憧憬和幻想，若懷春的少女尋找天空中悠遠浪漫的夢幻。偶有剛冒出水面的嫩荷拒絕柔情似水的纏綿，淺淺的綠葉曲卷著，露出一抹輕淡如雲煙的淺笑，還帶著晶瑩透亮的淚珠。風在荷葉之間吹起了細碎的歌謠，微微蕩漾的水面似一個個美麗的音符，淡淡的吹開我記憶的荷香。

兒時，村口的那片荷塘是我們的樂園。驕陽似火的夏，我們最喜歡去的地方就是荷塘，摘一片寬大的荷葉頂在頭上，幾個人在荷塘裏玩耍。爭著給一個個荷葉取個心愛的名字，搶著為女孩子摘那朵緋紅的荷花，一起用手捧起清清的池水灑在荷葉上。荷葉不勝水的柔情，幾滴珠璣盈盈滑落，激蕩起漣漪圈圈，我們重複著歡樂。偶有蜻蜓飛來，偷吻那亭亭玉立含苞欲放的荷花，我們一起吶喊，看蜻蜓害羞的離去……

後來去外地讀書，時常惦記著村口的那片荷塘。才發現童年的那份單純的快樂中離不開荷塘，年少無知的夢幻中，荷塘佔據著我的整個回憶。歡樂的荷塘，恬靜的荷塘，多愁善感的荷塘……於是，每個暑假我都迫不及待的回去和那片荷塘相約。這個時候，我喜歡一個人靜靜的陪著荷塘。

一個人的荷塘，那是在月光靜靜流淌的夜晚。月的朦朧，似薄霧如紗，彌漫在荷塘上。這時的荷葉睡意朦朧，宛如一襲睡衣的女子，婀娜多姿。又似一思婦獨立欄杆，平添許多愁。夜色中的荷花閉合入睡，挺挺地立在荷葉之中。也有淘氣的荷花還在開放著，花瓣裏很潮濕，不知哪裡來的晶瑩露珠掛在上面，盈盈欲滴，嫵媚動人。多情的月兒將藍藍的月光灑向嫋嫋的荷葉和婷婷的荷花。我透過荷葉的縫隙去看池水裏的一彎淺月，微風拂過，帶走荷香，月兒隨著水面上漣漪一起蕩漾。這樣的夜晚，我對荷訴說著心事，聽荷悄悄細語。總是被討厭的蛙聲驚醒，驚得偷偷開放的荷花悄然閉合。

一個人的荷塘，那是在微風和細雨纏綿的黃昏。我坐在荷塘旁，看荷，聽荷。荷葉在細雨中沐浴著清新的芬芳，雨親過的荷葉原來有著如此嬌羞的模樣。亭亭玉立的荷花似一出浴的少女，柔情似水，在清風中搖曳。模糊的雙眼彷彿看見那江南的採蓮女子，依一葉小舟，姍姍而來。想起那年那月的她，我們曾一起並肩走過這片荷塘，搜尋並蒂的蓮荷。想起那荷香浣過的秀髮在雨中凌亂的模樣。那是一幅清新淡雅的水彩畫，收藏著我曾經的風花雪月和年少時的情感。

現在，我又站在村口的荷塘旁，在這個開滿荷花的夏季。任思緒恣意飄遠，尋找一些零碎的回憶，恍惚進入了荷的世界。時間在一點一點的淡淡飄逝，很久，被朋友的資訊驚醒，依依不捨的離去……

明年，我還來看這片荷塘！

夏日的白蘭花

小城的六月，正值夏季。不經意間，一陣陣花的芬芳纏綿著夏風吹滿了人們的春衫，令人心曠神怡。白蘭花！這個不張揚絢爛的花朵，在許多嬌豔欲滴的花朵都經不住夏日炎熱的侵襲紛紛凋謝的時候，它卻悄悄的來到這個世界，害羞的盛開著．使夏日的小城處處彌漫著白蘭花的清香，那質樸清新的芬芳誘惑著小城的人們無法抗拒它無以倫比的美。

白蘭花是文靜的，它的質樸素雅就像江南的女子，一身白紗，淡雅素淨。簡潔的花瓣，線條流暢。亦如江南女子的款款柔情、冰清玉潔。沒有爭姿鬥豔，沒有姹紫嫣紅，靜靜的躲在翠綠的葉子下面，不奪目，不張揚，微風輕撫，蕩漾出的隱隱幽香卻沁入人的骨髓，滌蕩人的魂魄。它沒有牡丹的富貴，不如玫瑰的嫵媚，比不上尾的憂鬱，也沒有海棠的嬌嫩。只是那麼聖潔高雅、超凡脫俗。這份純粹和超然的美麗，恰似一種繁華落盡後的淡泊與清寧。

小城的女子喜歡佩戴著白蘭花，用一根細線繩串起來別在胸前，讓這潔白的小花在那軟軟的胸脯上微微晃動，散發出醉人的芬芳。當你走過那些戴著白蘭花的女子身旁，就會聞見一陣清幽純淨的花香。幽幽的，柔柔的，使你為之傾倒。它絕不同於法國香水，沒有任何化學成份，那沁人心脾的芳香是自然的、原始的、也是純樸的。這是小城女子以更為細膩的方式來展示自己的魅力，使之聖潔高雅。平添一份優雅嫵媚，一種隱約的風情，儼然成了白蘭花在人間的化身。都說女人是花，那麼戴白蘭花的女子該是一朵最純潔的花了，而賞花的人是美麗的也是虔誠的。

我住在小城一個臨街的小巷，巷子裏的人家都喜歡養著白蘭花。小巷深深，每到夏季，便有白蘭花的芬芳繚繞其間。偶爾聽見巷子裏傳來叫賣白蘭花的聲音，聲聲悠長，似陳年的酒味，回味無窮。於是黃昏或是一個雨後，我喜歡獨自一人在夏日的小巷穿行，走過繁華和凋零，尋著白蘭花的嚮往。聞見賣花的老嫗，坐在巷口，前面放著一個盛滿花朵的小竹籃，籃口蓋著潮濕的毛巾，純白的小花整整齊齊的擺放著，含苞欲放。散發出的那一縷幽香，令人忍不住駐足。一元錢，你就可以擁有白蘭花的芬芳。小巷旁，賣水果的老大爺胸前也戴著白蘭花，表達著他對生活的熱愛。精神抖擻，神采飛揚。白蘭花的芬芳縈繞於身，彷彿又恢復了青春的活力，在香氣四溢的老大爺身上看不出遲暮和老態。驀然發現，白蘭花的倩影活躍在菜市場，在行走的人群中，在伸手可及的陽臺上，一陣陣暗香襲來。想起櫥窗裏昂貴的香水，想起灑著濃濃香水的貴夫人，在被繁華掩蓋的淡漠下，嫵媚妖嬈而又冰冷的臉上，是否還記得兒時的白蘭花？是否還記得有著白蘭花的夏日？

朋友來時給我兩朵白蘭花。潔白如雪，嬌嫩纖長，如處子低首，嬌羞不可名狀。朋友說夜間放在枕邊，便能枕著白蘭花的世界入眠。還吩咐我，要保持新鮮，時不時淋上清水。是夜，房間果然飄蕩著濃郁的香氣，我看著書，吮吸著白蘭花的香。但我沒有按照朋友的吩咐給它淋上清水，我想看看白蘭花枯萎的模樣。三四日，花瓣便成了焦褐色，曲卷著，造型奇特，像兩個抽象的雕塑。卻仍能聞見白蘭花的馨香。我小心翼翼的把它夾在藏書裏，猶如收藏著白蘭花對春天的記憶。

塵世間，大抵沒有一種花這般的超凡脫俗了，從生長到逝去，一如既往的安逸寧靜，卻又如此的純潔芬芳。

一朵花開也是春天

寒假裏天氣很暖和，我去山上寫生。其實山上沒什麼特別的景色，剛來山溝的時候我就發現這兒沒有我要的小橋流水，一直認為山與水是一對纏繞的戀人，缺了誰都不完美。山上也沒有什麼奇花異草、人文景觀，以至我很長時間都沒有上山。拎著畫架，站在山腰，默然的看著山溝裏的村落。這是一個午後，山溝裏很寂靜，遠處的田野、錯落在村子裏的樹木、古老的瓦房靜靜地融合在一起，一片灰色的調子，很和諧的構成，於是我用心畫了一幅《寧靜的村落》，也是用這灰色的調子，大塊的筆觸，簡潔的構圖，營造一份和諧的寧靜，也讓我的心寧靜一片。

下山的時候，在拐角處草叢中突然發現一朵小花，是的，只是一朵，應該是月季，竟然開放了。在一棵老槐樹下，在荒蕪的灌木叢中，長著一棵月季花，墨綠色的杆子，草綠色的葉子，淺紅的花瓣，花朵已經綻放，花瓣邊緣有點枯萎，應該是前幾天天寒凍的。在風中這朵花彷彿很脆弱，弱不禁風，在搖擺，但它應該是堅強的，有著頑強的生命力，因為它能在這惡劣的環境中開放著。

我不想知道在這兒怎麼會生長著一棵月季花，也無從知道它是怎麼生長，在這個不是它的季節。荒蕪的小山，萬物還沒有復蘇，一幅蕭條的景象，而它，卻在獨自盛開著，那麼耀眼，看似弱不禁風的外表在風中述說著堅強。我邁不開下山的腳步，看著這朵花，多麼不適時宜的花啊！

這不是花開的季節，沒有百花齊放，沒有奼紫嫣紅，也應該沒有適合它生長的土壤和環境。這是一朵另類的花，沒有開在花圃裏供人欣賞，也沒有依偎在花瓶裏錦上添花，它的花期在不適時宜的開放。花兒無疑是堅強的，頂著嚴寒，沒有足夠的營養，也許是隨風飄落在這個山溝的角落，然而它卻在山間盡情的盛開，只為綻放出生命最絢麗的華彩。不為取悅別人，不為得到讚美，只為了自己在這世上短暫的停留，縱有失落和感慨，也不辜負易逝的花期，用自己的生命在怒放。

在這個無人垂青的角落，花兒是孤獨的，整個花期也許除了我再也沒有旁觀者，可它一樣盛開著。在這個山溝裏花兒無法得到人們的青睞，也享受不了眾星捧月的輝煌，獨自盛開、綻放、凋零。其實花兒是為自己在綻放，甚至是怒放，在命運給它的一個落腳地上努力的演繹自己全部歷程。沒有對鏡自憐、憤世嫉俗、無病呻吟，摒棄了對前路的迷惘和恐懼，逐漸堅強與堅韌，在小山的拐角處草叢中。

每一朵花開都是一個生命的歷程，花期是它的一生，只要花兒不凋零，生命就不會停止。牡丹玫瑰是這樣，這朵山間的花兒也是如此，儘管努力地綻放沒有贏得掌聲。每一朵花開都有屬於她自己芬芳和美麗，無論是溫室的花朵還是路邊的野花都在自己的花期向人們展示自身的誘惑，有的是為了取悅和讚美，有的是想要怒放的生命，這朵花兒還擁有了堅強。每一朵花開都是自己的春天，生命的輪回是自己的四季，這山間的花兒在不適時宜的炫耀自己的春天，像憤青，像鬥士，像自己。

一朵花開，在風中搖擺，帶著些許無奈，看不穿，終究還有多遠，春才來？其實，一朵花開也是春天，花開了，春就在，沒有孤獨的花開，就沒有春天的色彩。那奼紫嫣紅的關於春的夢幻，早在一朵花開的瞬間綻放出迷人的笑靨。

一步跨過的村莊

引言

時間是遺忘記憶的一味毒藥，再刻骨銘心的記憶在時光的海裏終究消失的無影無蹤，譬如村莊。或許記憶也是一個矛盾體，新的畫面和舊的印象總是在記憶的河裏排斥、顛覆、重組，譬如兒時的村莊與今日被現代文明所洗禮的村莊……

村莊不像自己的影子緊緊跟隨，卻如腳下的路漸行漸遠，遙遠的怕要陌生，於是一直想寫篇關於村莊的文字，塑出三十年來村莊與我以及村莊裏曾經的氣息。我想，村莊註定會被現代文明所顛覆，就像我現在所生活的小城曾經也是被一爐銅水澆築成今日江南的一座城市一樣。忙碌一直是藉口，好在這個寒假終於可以用文字去恢復似乎被遺忘的記憶。

謹以此文獻給新中國成立60周年和我即將出生的洛洛寶貝。僅此而已。

一

村莊位於樅陽縣西北部，與桐城文派的鼻祖方苞、姚鼐的故居相隔不遠。當然，村莊並沒有因此獲得多少榮耀，甚至無人提起，大抵知道順著村莊一邊的那條馬路走不遠就可以去拜訪桐城文派的發源地，但我想應該沒人去拜訪過，儘管他們多次順著那條路去集鎮買過化肥，賣過豬仔。

村莊處於丘陵崗區，高低不平，高的地方是一個個小山頭，綠色植被，生長著松樹、杉樹等灌木，一個個村落便掩藏其間，順著坡勢向下是大片的農田，山崗之間最低勢處都是多年積水所形成的小河溝，像村莊的邊疆線劃分開一個個村落，日久便形成一個個自然村。確切地說我的村莊就孤立在某一個山崗上，那是我兒時的王國。

村莊的模樣我還是記得的，我說的是兒時的村莊。不高的山崗上住著十幾戶人家，姓王的、姓孫的，姓錢的、還有一戶外來的姓趙，都分散開住居在松樹林裏。住居的房子有兩種：一種是茅草房。用松樹搭建房屋框架後用田泥稻草糊嚴實，預先留下門，窗戶。田裏的泥巴由於每年都要耕作，還有稻草根腐爛在裏面，粘性大，牢固，村裏人叫熟泥、田泥。屋頂披蓋稻草，一層層的覆蓋，大抵每年要翻蓋一次，要不抵擋不了梅雨季節或暴雨大雪；還有一種是瓦房。開好地基後，在上面夯土築牆，有點像今天建築工地上制模灌澆混凝土，不同的是現在用鋼筋混凝土加上機械設備，那時是用木板繩子與黃土加上無數的勞動力。首先做個簡易槽盒，向盒中填入濕土（山崗上黃土遍地都是，挖個坑，加水弄濕），在人們的吆喝聲中用「夯」（石制或鐵制）一層層砸實，最後取掉木板、抽掉繩子，一段牆就成型了。在成型的土牆上撒上一層黃土沙粒，便可以接著在上面夯土築牆，一般在二米以上就用土基砌牆。（在田泥中加入稻草、頭髮之類，用木框基模一塊塊脫出，曬乾後便成了「泥巴磚塊」，俗稱：「土基」。）土基砌牆方便，便於堆砌屋樑。後用一根根松樹木頭做屋脊，竹子或木條做成檔子，蓋上瓦。

瓦是皖南徽派建築上常用的那種小瓦塊。80年代初我家也住上了這種瓦房。日久，都在自家門前門後開闢了一塊塊自留地，造曬穀場、菜地，建個豬圈牛欄什麼的。這樣就形成了一戶人家，十幾戶散住在一起組成一個村落。分田單幹前叫人民公社二組，我記事的時候就開始叫孫畈隊，所以我的第一張身份證上住址欄就有「孫畈隊」的字樣，這個我記得很深。

村莊裏有一條小路伸向村莊一邊的馬路，不長，大概七八百米，這是村裏人通向外面的唯一出路，我就是踩著這條小路上完小學和中學，之後讀大學、工作回家還是踩著這條路，不同的是路變了，從開始的土路到石子路再到今天的水泥路，越變越寬，越走越踏實。

村莊中間有口水塘，可別小看這口水塘，那是村裏人飲用水、洗菜洗衣服、男人和孩子夏天洗澡、鴨子玩耍的地方，村裏人年初都會在水塘裏放些魚苗，年底就會撈上一大堆活蹦亂跳的魚兒。對一個農村孩子來說，關於水塘是有許多故事的，游泳、釣魚、甚至不為人知的秘密。現在這口水塘算是廢了，母親經常和我嘮叨，當初不該承包給來村投資的預製板廠，都是他們把水塘填了、毀了，好在安上了自來水，要不然村裏六七十口人怎麼吃水哦。如今回家我還是能看見這口水塘的影子，不到以前十分之一的面積，曾經的預製板廠建成了電管站的宿舍樓，水塘四周堆滿了生活垃圾，曾經的一汪碧水現在臭不可聞，水面上不時飄著現代文明製造的被使用後丟棄的物品，真擔心有一天水塘的影子都會被這些垃圾所覆蓋，一起被覆蓋的還有關於水塘的歷史和記憶，會的。

村莊旁邊那是大片大片的松樹林。其實村莊和樹林是融合在一起，只是房屋略顯集中的地方松樹漸漸地的被鋸光了，就像人與松樹間的一場戰爭，乍一看是人取勝了，因為被霸佔。這樣沒有人煙的地方就成了純粹的樹林，為什麼是松樹林？我一直不知道答案，松樹是不值錢的，至少沒有杉樹值錢，那些松樹是野生的，還是首先來此山崗住居的先輩種植的？我不知道。是姓孫的先輩最早來此山崗還是別的姓氏？爺爺說是爺爺的爺爺最早來此住居的，隔壁的王大爺卻說是他們爺爺的爺爺最早來此的，兩人曾為此大吵一架，後來我就不敢再問。

村莊的外面就是村裏人賴以生存的農田，就著坡勢被劃分為許許多多不大不小的農田，不像南方的梯田一圈圈一層層像波浪似的，很美觀很雄偉，這兒的農田面積不大，高低不平，絲毫沒有梯田的曲線美和象形美，聽說分田單幹（家庭聯產承包）以前還好些，寬闊的田埂路，偶爾還能有公社的收割機下來秀一下。單幹以後那一塊塊小農田可都是人們的救命田，被分割的更小，每年不到三月，人們就開始莳弄農田，除草，修田塍，把一道道田埂整修得很窄很窄，似乎容不下一頭牛走過去，每一次牽牛走田埂都擔心牛會掉下田，這還不算，人們用板鋤，一鋤鋤地在田埂旁邊種上黃豆、綠豆等旱糧，以此多增收點糧食作物。經常有人家為修田埂大打出手，無非是張家說李家整修田埂向外拓寬了一點，李家說張家耕田的時候挖了他的田埂，其實都是為了多占一點面積好種糧食。許是饑餓太讓人刻骨銘心。常有人說農村人越貧窮越愚昧，其實愚昧也是為了生存。

二

記憶像一本丟在牆角的陳年檯曆，泛著古色的陳舊和時光的殘缺，曾經一頁一頁的富裕和紅筆劃圈的暗記以及年少時的秘密被塵封。俯身拾起，拍拍灰塵，開始翻閱那些遙遠的印象，關於村莊。我試圖在記憶的海裏尋找村莊給我的第一印象，看看撥開一頁又一頁沉甸甸的記憶後面村莊以一種什麼樣的姿態潛伏在腦海，良久，一頭牛終老的場面撲面而來，像時間的繩，猛一拽，劃破時空，於我，面前。

6歲那年，村莊裏發生一件天大的事情，分單幹（家庭聯產承包）以後唯一沒有分開的那頭老牛死了，老死的。為什麼沒有分開，經我考證，是當時沒有辦法把牛分給任何一戶，那是村莊唯一的一頭牛，也是村裏最大的集體財產，單幹以後它還是集體共有，挨家飼養。怎麼飼養？每家飼養多少天？母親說記得當時村裏幾家元老在破舊的公社食堂裏商討好幾天，無非兩種方式：按田地飼養和按人口飼養。簡單地說就是你家有多少田地或者多少人口你就飼養幾天，十幾戶人家輪流飼養。問題來了，一戶有多少人口並不等於就有多少田地，譬如說一戶人家剛剛生了孩子或娶了媳婦但沒有分田地，或者剛剛死了老人或嫁了女兒但田地還在家裏，哪一種方式划算，每個人都在心裏算盤上打著小九九，最終，醞釀、爭吵、協商後決定按人口來飼養，母親說我們家贏了，沒有吃虧，因為小姑出嫁了，太奶奶剛剛過世。那是爺爺的威望起了作用，爺爺當了十幾年的國民黨兵，什麼場面沒見過。

可就在那年的秋天，也就是我6歲那年，老牛死了，那情景越來越清晰。那是冬季時節，村裏莊稼已收割完，田野裏留下一片荒涼，枯死變黃的稻根，田埂上橫七豎八的蒿草瘋長。老牛完成了它一年的負擔，病了。爺爺輩們請了鄉里的獸醫看了幾次，沒有好轉，獸醫說到時候了，該老了。爺爺不甘心，白天牽著病懨懨的老牛去田間走走，晚上給它喂稻草包黃豆。我們卻很高興，聽說牛死了每家可以分幾十斤牛肉，那些年頭就過年可以垂涎一次紅燒肉，何況傳說中牛肉比豬肉可好吃多了，於是出現了這樣的一幕：冬日黃昏，爺爺牽著老牛在田間走，一臉虔誠和莊嚴，我們七八個小孩子在後面跟著，盼著吃老牛的肉，垂涎三尺，都對老牛有所期盼。終一日，聽母親說老牛不行了，在田間嘶鳴，村裏人都先後從家裏走出來，我們奔相走告，老牛要死了。

冬日的松樹林光禿禿的，枝上牛毛般枯黃的樹葉經不住寒風的肆略，所剩無幾，雜間長出適應寒冬的植物。爺爺把老牛拴在一棵樹上，圍著的大人們一臉沉痛，我擠進人群，看見老牛臥在地上，抬著頭，不時嚎叫一聲，聲音很低迷，淒慘，也就是在那一刻我看見老牛流著淚，一滴一滴的，讓我害怕，我看見鄰居小丫流著鼻涕也哭了，來之前可是她告訴我就可以有牛肉吃了。突然，老牛堅定地站起，爺爺慌忙去解開牛繩，我看見老牛一掙扎，跑了，又慢下來，走向不遠的田間，我們小孩子又忘了剛才的悲傷，跟在後面起哄，被爺爺罵了回來，誰也不許跟著，都在林子邊看著老牛慢慢地走在田間，很低沉地嚎叫著，嘶鳴，甚至是不甘情願地咆哮，在田間轉了幾圈，奇怪了，老牛竟然走回來了，旁邊的大人一看頓時就哭了，臉上都寫滿悲傷，人群分向兩邊，老牛在人群中走到剛才拴著的那棵樹下，站立，濁罔的眼神，又看見大大地淚珠在眼角滴下，嘶鳴，似乎是證明自己活著。片刻，不，最終，老牛用轟然倒地的姿勢，親吻腳下的土地，連同淒伶的夕照一起死亡。爺爺哭了，村人都哭了，我們也跟著哭，耕耘了一輩子的老牛，終於由一個終點到達了另一個終點，終於以倒地的姿態宣告了自己的死亡。這一幕一直烙在我的腦海，樹林裏一頭老牛的終老奠定了6歲的我對村莊忘卻不了的記憶。然，悲傷過後並沒有吃到牛肉，村裏人一起以最莊嚴而隆重的喪禮埋葬了老牛，就在它轟然倒下的那片土地。

現在，如果我以主觀的心態回憶村莊，那樹林裏一頭牛終老的場面肯定浮現在我的眼前，這是我記事的開始，也是我對村莊記憶的開始。可是，現在，樹林沒有了，徹底消失了，就在幾年前，埋葬老牛的地方建起了一所規模很大的嶄新的學校，所有樹林都被學生的讀書聲所掩蓋，水泥地上孩子奔跑的吵鬧，是不知道曾經有一頭老牛在此終老。樹林在村裏人的眼中消失了，樹林還留在我的記憶裏，我想也肯定留在許多走出村莊的人的記憶裏。

三

村莊是什麼時候開始改變的呢？一條路。一條穿越田間的縣級公路。那些年好像全國各地都在修建公路，國家也加大了對農村公路設施的建設。正是這條路改變了我的村莊，如果說以前的那條鄉鎮公路可以讓村裏人上街買化肥賣豬仔，那麼這條穿越農田而過的縣級公路足以讓村裏人走向現代。

母親打電話告訴我的時候，我正在南昌修建一條高速公路，當然，我只是工地上的一個小民工，幹些挑沙子、搬水泥、跑腿之類的活，那年我16歲，高一輟學。我在電話裏告訴母親，縣級公路算什麼，能有多寬啊！我這修的可是通往大城市的高速公路，什麼是高速公路？就是修得很高跑得很快的大馬路，全部是水泥路面。母親卻問我什麼時候回家，總不能一輩子在外面修馬路，還說家裏因修路徵用田地補償了幾千塊錢，應該足夠我讀完高中。我掛了電話。

這是我的第一次離開村莊，背著簡單的行囊，跟著村裏去南昌打工的趙二胖子一道出門的，雖然那個情景很平常，甚至有點寒酸，趙二胖子還背著一個裝滿山芋的蛇皮袋，我堅持不要用蛇皮袋裝洗換衣服，母親很小氣，在我臨出門的前一夜才終於捨得把她年輕時候參加公社插秧比賽獲得第一名獎勵的印有「為人民服務」的綠色軍用帆布包給我。我跟在趙二胖子後面離開村莊時，母親在後面送我，我頓時感覺很悲壯，彷彿有不成功便成仁的氣勢，又有混不好誓不回村的決心，當然這些都是我的心裏活動，現在想來很好笑，那場面就像今天看到電視裏介紹農民工進城一樣的，再普通不過了。但畢竟那是我開始走出村莊的第一步了，準確地說那個時候我就做好了離開村莊的準備，從此，我開始一步一步離開村莊，離村莊越遠，離城市就越近，儘管那時在城市還被別人叫著「民工」。

或許每個人都認為自己不會平凡，我也是。儘管小時候經常被父母、村裏人喊著「二孬子」，但我一樣有著純純的天真的夢想，認為自己註定會有一番事業，哪怕16歲的我站在南昌的高速公路路基上我還是這樣想的，不就是不讀書嘛！家裏那台黑白電視裏經常演繹著窮小子經過打拼擁有香車豪宅的故事，我不止一次的把自己幻想成男主人公，至少是男主人公的前期過程，我不知道別人是不是也有著這樣的幻想。所以，我一次次拒絕電話裏母親要我回家讀書的要求，何況離開村莊之前我答應小丫掙夠了錢長大了我就回村娶她。就在拒絕母親的過程中，我混跡在各個城市之間，奔波了很多地方：南昌、廣州、武漢、寧波……做了很多「下等」活：修建公路，在建築工地上挑磚拉土，在火車站運輸貨物，……受了無數的委屈：被「兄長」毒打、被包工頭賴了工錢、被人誤以為是小偷……也知道了很多事情：城裏真的有很多高樓大廈，外面的世界很精彩外面的世界很無奈，沒有文化只有幹力氣活……明白了很多道理：露天野外是可以居住的，民工是沒有雙休日的，只有鹹菜也是可以吃飯的……這些，我沒有告訴母親，也沒有告訴小丫，沒告訴母親是因為怕母親擔心，沒告訴小丫是怕她覺得自己沒出息，何況那時小丫已經去了廣州的服裝廠，聽說一月能掙800多塊，不比我少啊！

東奔西波的幹了兩年，有幾件事情讓我感觸很深。一次在建築工地上，我的搭檔被從六樓掉下來的鐵模具砸死了，只是一轉眼間，一個人就沒有了。有關部門處理的時候，我們才知道我們根本就沒有接受安全教育，包工頭也沒有採取有關部門規定的安全措施，就連安全帽都沒有。而最後只是幾萬塊錢了事，讓我明白環境的惡劣。還有一次在武漢建築工地，正是夏日，休息的時候，我熱得實在受不了，躲到攪拌機的涼篷下面坐著，也許是每天十幾個小時的勞作實在太累，竟然睡著了。迷迷糊糊中我被推醒，操作攪拌機的師傅把我一把拽下來，罵道：媽的，你怎麼跑到這兒來了，你以為你是大學生啊！（包工頭的一個親戚是個大學生，來工地體驗生活，他可以隨時休息。）還有最讓我受侮辱的一次是在寧波火車站搬運貨物，把整袋的大米從火車上揹運到倉庫，大包裝的，90公斤一袋，正當我們熱火朝天的搬到最後幾袋時，停在一邊坐在像拖拉機頭（現在知道叫叉車）裏的肥頭肥腦的司機突然叫我們不要搬了，只見他發動機器，開到火車旁邊把像張開的大剪刀似的東西插進米袋下面，上下操作一番，倒車，開到倉庫，下降，後退，熄火，不到一分鐘就完成了。那傢伙坐在車上，支開大黃牙，衝著我們笑，顯擺的表情，怎麼樣？比你們快吧！驢勁也沒有它大啊！我拿起一塊磚頭砸向大黃牙，說日他媽。

回家，我要回家，突然開始想家，想念母親，想我那闊別二年的村莊，小時候一直以為我的村莊就是世界的中心，註定我的村莊是偉大的；出去以後才明白我的村莊是那麼的渺小，那麼的微不足道，甚至是貧窮愚昧；現在我又感覺我的村莊就是不一樣，那是我的根，生我養我的地方，給我力量，讓我嚮往。

而村莊確實如母親所說變了樣，一條公路橫穿田間，兩邊的田地裏竟然做了所謂的高樓大廈，母親說是鎮上的開發區，鎮上以國家的名義把馬路兩邊50米的田地又徵收了，然後分割成一塊一塊地皮賣給農民建房子。母親嘮叨，不明白低價收上去高價賣給我們怎麼就是開發區了，王大爺說開了我們的土地發了區長不是開發區麼？

我竟然不認得回家的路了，以前的那條鄉鎮公路廢了，做了許多人家的曬穀場，隔壁長嘴舌王嬸說是鎮上故意破壞的，說廢了那條路這邊開發區的公路車輛才能多起來，兩邊地皮才能買上好價錢。母親就在新公路旁所謂的開發區上迎接我，就像迎接一個遠方的貴客，母親似乎老了點，但母親喜笑顏開，接過我的行囊，說我長高了，但孬樣還在，穿過半邊農田回家的路上，母親問我她的帆布包呢？我笑話母親，你那什麼包啊！早丟了，看看我的冒牌阿迪達斯跟真的一樣，我聽見母親歎了一口氣。現在想來，我是真的很內疚，慚愧，甚至沒有辦法原諒自己，母親是一個農民，一個農村的中年婦女，那帆布包是她一輩子最高的獎賞，最高的榮譽啊！而我……多少年來，每每我獲得一次獎勵，每每我捧起一個獎盃，我就會想起母親的那聲歎息，那個寫著「為人民服務」的綠色軍用帆布包，心便開始痛起。

四

或許村莊已經容納不了我，要不就是我已經不再屬於村莊，似乎我成了村莊的一個過客，村莊便像一個好客的旅館，送我出遠門，迎接我歸來，站在村口接送的還有母親。這個時候似乎是忘了村莊的，全身心地去外地求學，偶爾回家也顧不得看看村莊的模樣，村莊只是在母親的電話裏延續著存在，誰家的女兒嫁人了，誰家的老人去世了，誰家又蓋起了新房子，童年的小三都生了大胖小子……

現在回想起來，那個時期應該是村莊逐步完成蛻變的時候，現在展現的只是結果，而過程在我的匆忙中被忽略，就像一個女子由純純的少女演變成性感十足的少婦一樣，在風情萬種當中那份淳樸是容易被忽略的，如我的村莊。

村莊已經成了小鎮的商業街，熱鬧非凡，超市、商場、髮廊、浴場，如果不是偶爾哪一家母豬從沒有關緊的豬圈跑出穿街而過，或者是某家公牛發情的咆哮傳來，似乎像極了這是一座城市的街道，現代文明標誌的巨大商業廣告牌就立在街道的屋頂上，一邊對著街道，畫面上某品牌的內衣廣告被那個女郎代言得體無完膚，而另一側，幾根鏽跡斑斑的鋼管橫七豎八的支撐著，這引起了村裏人的不滿，說種田的時候抬頭就看見橫七豎八的鋼管在高空中微微欲墜，而走上街道抬頭看見的女郎又讓人邁不開腳步，母親也經常嘮叨，這像什麼話，以前的標語可不像這樣不正經。我常跟母親說這只是一個廣告嘛，母親卻訓斥我這樣的東西還需要廣告？

村莊讓我迷惑，彷彿是二個毫不相干的東西突然有一天重疊到你的面前，讓你措手不及，原本山崗上的村落、樹林、田野呈現一幅田園風光，這無疑是落後的，從許許多多的村裏人外出打工就能看出，但它又是和諧的田園牧歌。現在，一條公路躺在田間把村莊一劈兩半，曾經老牛耕耘著的農田被開發成了商業街，圍著公路而立的樓房又似乎從空間把村莊分隔開了。街道上現代文明的氣息像女子的香水越來越濃，而街道後面的村莊依舊兒時模樣，甚至因為幾戶人家遷移到街道住居更顯沒落，一旁的學校又坐落在曾經埋葬老牛的樹林上教授著文化，這像極了一個西裝筆挺的男人裏面裹著皺巴巴的襯衫在聽音樂會，又像外表濃妝豔麗的女子穿一件低質的內褲在展示溫柔爾雅，我想這樣的比如是不妥當的，因為小丫也在街道上，當然，我沒有娶她。

母親早在電話裏就告訴過我，小丫結婚了，在外打工掙了些錢，回來嫁給了村長的兒子，在商業街開了服裝店。有一次回村莊就在街上看見她，站在店門口，穿得很時尚，早完成了從少女到少婦的蛻變，與我無關，所以至今我一直不承認她是我的初戀，也不願意去回味初戀的感情，就像本山老師說那樣——初戀根本不懂愛情。農村人的感情開始於生米煮成熟飯，結束於柴米油鹽中。其實，我在第一次打工回村莊的那年春節，就在某個夜晚和小丫幽會於村莊的某個角落，儘管16歲那年曾經許諾掙了錢長大了就回家娶她，但在夜晚二個人的空間裏還是緊張害怕，斷斷續續的廢話，本想趁機握一下小丫的手，小丫卻解開自己的衣裳，嚇得要死，我。結結巴巴地說，這，這不行，這要等到結婚的時候才……空氣尷尬，無言，退卻……幾年後，讀大學，一次在寢室聊天說到此事，室友罵我傻B，天下還有你這樣的孬子，送上門的不要。他們不明白農村女孩對愛情幼稚的理解和單純的情願，所以至今並不後悔，雖然沒有初戀可言，但並不是故事越多越令人嚮往，至少小丫曾說我是個好人，當然，後來同事說一個女人說一個男人是好人那就是要甩了這個男人，想想也是。

再面對小丫的時候只是笑笑，說回來了啊，嗯。生意還好嗎？嗯。心裏絲毫沒有不安，就像我對村莊的感情一樣，因為質樸所以坦蕩，不管村莊變了什麼樣，無論是在蛻變的過程中，還是哪一天村莊徹底的消失，我想我對村莊的感情在記憶裏是抹不滅的。

五

定居小城，我真的成了村莊的過客，確切地說村莊已經讓我感到陌生，這種陌生感來自於地域和時空的差異，十幾年的光陰足可以讓一些人和事陌生，包括我的村莊。我一直在努力讓記憶和現實吻合，頑固地拒絕這個滲入了現代文明血脈的村莊那是徒勞，其實骨子裏我想我是早已經接受了這個現代的村莊，準確地說是文明與落後的一個混合物，譬如我曾經和妻說村莊裏的超市很大，賓館很豪華，還有浴場。

聯繫村莊的一直是母親手裏那根長長的電話線。二叔病了，癌症，晚期，母親在電話那頭第一時間就告訴了我，你能回來看看嗎？母親小心翼翼地問我。能，請了假就回去，我想我是必須要回趟村莊。母親開始嘮叨：你二叔都是抽煙喝酒惹的，一天二包香煙，三餐酒，前年就病了，一直拖，孩子又不爭氣……

從商業街的小巷裏穿過依舊是我熟悉的村莊，母親早在等我，電話裏母親就一再強調一定要在12點以前回來看二叔，看病人是不能下午去的，母親很在意這些，領著我一路快走，無暇顧及左右的村莊。二叔的家在水塘的旁邊，還是以前的老瓦房，對面電管站宿舍樓的生活垃圾漂到二叔家門口都是。二叔坐在堂廳桌旁，瘦的嚇人，病懨懨地，對我的到來感到高興，拉我在吃飯，我丟下幾百塊錢和一些補品，安慰一番，和母親回去了，母親明顯很傷感，一路歎氣。

第二日，恰逢是農曆十五，母親一早起來要去鎮上白衣庵去燒香。白衣庵在鎮上很有名氣，周圍幾十裏的人都經常去燒香、許願、祈禱。農曆初一、十五那是更興旺，會有許多香客，一上午的鞭炮聲，敬香磕頭都要排隊。不知道何時母親已是一個虔誠的信徒了，這些年母親逢農曆初一、十五都會去敬香。我突然想陪母親一道去燒香，說不出為什麼，記得小時候曾經多次拒絕母親要我陪她去白衣庵的要求。母親當然是喜出望外，讓我洗臉，換件乾淨的衣裳，囑咐我不要亂說話，一臉嚴肅，把我當個孩子似的。

我機械的跟著母親後面燒香、磕頭、求籤。母親說可靈了，當年你考大學、調動工作都是來這求菩薩保佑著的，你要好好的敬敬香。突然無比的感動，想起那年在一個山溝教書，一直想調回小城的，但一直找不到機會，也找不到給我這樣機會的人，後來還是小城一所學校的校長，與我文字識緣，費盡周折，終於把我調回去。在那個調動的過程中，常往返於山溝至小城之間，因許多不確定因素，那段時間很困惑很茫然，記得一次乘客車回山溝，剛行駛在長江大橋上，突然接到母親的電話，母親在電話裏說你不要著急，我剛剛去白衣庵幫你求了菩薩，菩薩說今年能調回去的。當時正因事情辦得不順利，心情特沮喪，母親這個電話一下子讓我淚如雨下，想起自己的不如意，想起自己如今還要年邁的母親在擔憂，想起無助的母親把希望寄託在神靈身上……我在車上用報紙遮擋著，任淚水肆意的流淌。現在，我看著眼前母親正在虔誠地磕頭，這個憨厚的農村婦女，沒有文化，沒有一點權勢，在兒子需要幫助的時候毫無辦法，但卻虔誠地迷信菩薩，祈禱神靈的庇護，總以為她自己誠心誠意的信仰、祈禱、磕頭會給兒子帶來很大的幫助，怪不得每次我困惑的時候，母親總是說沒事的，沒事的，明天我去白衣庵燒柱香，天啊！原來這一直是我母親的力量。

記得小時候總想離開母親的視線，但逃離不掉。現在，每次回家總想跟在母親後面，陪母親聊天，聽母親嘮叨。在母親的嘮叨裏又知道了村莊這些年發生的許多事情：村莊許多人家都不種田，本來田就少，現在被徵收的差不多，許多人便在街上做些活，和我童年的王四喜現在在街上跑計程車，還順便幫人家收賬，要工錢什麼的。趙二胖子發了，在商業街開了大酒店，鎮上的一些機關、學校、還有村委會都是大酒店的常客。錢三多也不知道怎麼搞的，那些年在街道上混事，現在突然就發了，開了大浴場，整天洗澡的人還不少。王大爺的兒子又進去了，三進宮了，這次是打劫，聽說判三年，他爸還在找人……

母親送我回城的時候，在商業街碰見錢蛋子，他是我兒時最好的夥伴，兩人曾經一起放牛、偷瓜、踩藕，現在快認不出來了，滿臉的滄桑，回來了啊，只是簡單的一句話。母親送我上車的時候說他運氣很背，媳婦在街上上班跟一個開發商跑了，一個人帶著三個孩子過日子。母親又突然驚喜的告訴我一件喜事，說奶奶現在一個月能在政府拿一百塊養老金，村裏人到六十歲後都能拿一百塊養老金了，還是政府好啊！母親不知道他們賴以生存的土地曾經何其廉價的被徵收，當然，母親是不會這樣想的。

村莊，再見！客車載著我離開的時候我對村莊這樣說。透過車窗，我看見白髮滄桑的母親一個人站在商業街的公路旁，目送著我，兩旁的商業街熱烈非凡，抬頭看見那幅巨大的某品牌的內衣廣告在逆光下很刺眼，刺得模糊了我的眼睛。

再見！村莊。不管村莊如何改變，不管村莊在發展的過程中經歷什麼樣的一個蛻變過程，是城市的菜市場，是城市廉價的物資供給地，是文明與落後的混合物，等等。我想，都是我愛的村莊，都是我記憶中的田園牧歌。

言志篇

今夜，誰與我舉杯？

夜，高腳杯般的孤獨，死死地沉睡在我的老屋外面，整個小山、村落、田野都浸淫在它的懷抱。不甘寂寞的夜，已經突破老屋窗戶上碎玻璃的防線，我用一盞昏暗的燈光再次抵擋它的入侵，坐在破舊的籐椅上與夜僵持。止住了腳步的夜讓風在它的懷裏吱吱地呻吟，我用偷窺者的心態燃起一支白色的「七匹狼」香煙，用一個個煙圈挑逗這個與我一同寂寞的夜。於是，夜便一鼓作氣吞噬了我，今晚沒有月亮。

這樣的夜晚，我是要喝酒的。只有喝酒，才能抵制夜的侵蝕和誘惑。轉身拿了一支極精緻的高腳杯，櫥櫃裏還有半瓶張裕幹紅，斟一淺杯，靜靜地坐在窗口，與夜對飲。還是在美院學習的時候喜歡上喝酒，白天畫畫，晚上泡在美院門口那條滿是酒吧的小巷裏。霓虹燈閃爍，震耳欲聾的音樂，狂舞的女郎，騷首弄姿的表演，劣質的性感，頹廢的男人。喝酒！喝酒！起先我是喝啤酒的，後來一個女人告訴我，說在這燈紅酒綠下用高腳杯裝上紫紅色的液體才是件愜意的事情。還說女人喜歡用紅酒演繹自己的情感，浪漫的、曖昧的、憂鬱的、傷感的、都在酒裏，可惜你這個孬子不懂。畢業的時候她送了我這支精緻的高腳杯，並說紅酒是她的眼淚，想她就喝杯酒。於是，我把這支高腳杯一直帶在身邊，愛上喝紅酒。然而，現在的處境是極不和諧的，在這個偏僻的小山溝，一個人坐在空空的老屋裏，竟然用手指端著這個極精緻現代的酒杯，透明的杯體裏還盛著紫紅色的浪漫抑或憂鬱的液體，就像濘泥的小路上開著輛白色的嶄新的寶馬一樣。可是夜證明了它的存在，就像喝酒證明我的存在一樣。

罷了，喝酒……

這樣的夜晚需要一個傷感的理由，我給了自己一點音樂。於是，一首叫著《白狐》的歌曲在這寂寞的夜晚、在這與夜僵持的空氣裏、在這孤獨的高腳杯中響起：我是一隻修行千年的狐／千年修行／千年孤獨／ 夜深人靜時／可有人聽見我在哭／燈火闌珊處／可有人看見我跳舞／我是一隻等待千年的狐／千年等待／千年孤獨／滾滾紅塵裏 誰又種下了愛的蠱／茫茫人海中／誰又喝下了愛的毒／我愛你時／你正一貧如洗寒窗苦讀／離開你時／你正金榜題名洞房花燭／能不能為你再跳一支舞／我是你千百年前放生的白狐／你看衣袂飄飄／衣袂飄飄／海誓山盟都化做虛無／能不能為你再跳一支舞／只為你揮別時的那一次回顧／ 你看衣袂飄飄／衣袂飄飄／天長地久都化做虛無……如此憂傷而又淒美的旋律，守候著淒冷的夜，聆聽古箏聲聲，一個如唐詩般雋永、宋詞般婉約的女子，青絲羅代，秀髮垂肩，眼神幽怨，在我的面前為愛獨舞，訴說千年的等待和孤獨。罷了，喝了這杯酒。

這樣的夜晚，思緒似溢出杯沿的液體在不斷蔓延，回憶像條蛀蟲一點點地攪動我心中塵封已久的往事，揪心的痛。莫名的憂傷就像水流進沙子一樣，在頃刻間滲透在紅酒裏面。都說紅酒是女人的眼淚，那我的憂傷又是誰的眼淚？一口一口的品著酒，嘗試著讓高腳杯裝滿我的憂愁，麻痹身體的每一根神經，胡亂的扯著每一個角落的疼痛。紅酒啊，那個女人，可知道這個紫色的液體流淌著滿地寂寞？為什麼？山溝可以鎖住我前進的腳步，卻鎖不住我的思緒和憂傷……

這樣的夜晚，我寧願放棄與夜僵持，墮落地和夜擁抱。獨自漫步在泥土地上，沿途撫摸著那些夜色中的村落、樹木、田野、還有我的影子。山溝的夜晚沒有狗叫的寂靜，只有拖鞋擦過泥沙發出清脆的聲音。我看到頭上漆黑的穹隆，若隱若現的星光，還有成片的黑暗，無窮的黑暗，無盡的黑暗。回望我的老屋，一盞燈的昏暗早已經被夜吞噬，是不是夜入侵了我的老屋，也要喝了我高腳杯裏盛滿孤獨的酒？

這樣的夜晚，能陪我的只有這杯酒，早就喜歡這種微醉的感覺。一個人，一杯酒。離酒越近，離現實越遠。孤單的心事，只有酒知道。飲盡杯中的酒，心事便無人所知。

於是，我仍舊孤獨地坐在籐椅上，高腳杯孤零零地躺在桌上，夜在窗外，一支白色「七匹狼」香煙燃起的煙霧在空氣中飄蕩……

今夜，誰與我舉杯？

租房記

九月回小城上班的時候，一開始想的太樂觀，認為單位會有一間單身宿舍，或者在朋友家暫住一時，慢慢地再想辦法。沒有想到上班第一天所有的希望就泡湯，單位肯定沒有房子，朋友也沒有讓我住下的意思。下班的時候我也人模人樣地跟著同事往外走，走到街頭卻不知道去哪裡。家是肯定沒有，但容身之地呢？也沒有。租房！一個比吃飯還重要的事情擺在眼前。

讀大學的時候為了辦畫室有過租房的經歷，那是相當的累人，和仲介打交道，漫無目的地找房、看房、討價還價、交房租、水電費等等。疲憊不已。沒有想到現在又站在街上面臨租房的困境，對仲介沒有信心了，自己不著邊際的找很難，於是打電話求助小城的朋友，一通電話打完，該打的都打了，不該打的也打了，電話簿翻到最後一頁，同情聲遍地：我幫你看看……別急啊！我想想……要不你先住賓館，慢慢來……眼淚都快要被他們「同情」出來，仍無處可去。背著包，抱著試試看的想法，在單位附近向一家家發出「老闆，有房租不？」的信號，都不在「服務區」。

天黑的時候，我仍踱在街頭的角落，第一次感受無家可歸的處境，這個小城萬家燈火一片繁華，可沒有我的容身之地。把自己放到一個小吃店裏，狠狠地吃了一碗蛋炒飯，又要了一碗白開水，慢慢地磨蹭到老闆異樣的目光，才無可奈何走上大街。「落井下石」的皮鞋磨破了腳，腿快不聽使喚了，霓虹燈一點也不漂亮。我能去哪裡？情急之下，打電話給一個朋友，「你在家嗎？我去你家裏。」不給他解釋就掛了電話，不受歡迎總比流落街頭好啊！好在朋友還很客氣的接待了我，知道了我的困境，告訴我可以在網上找出租的房子。在網上，小城的房租貴得嚇人，二室一廳的房子要600多元，若加上吃飯再買些生活用品比我的工資還要多，不如回老家種田。那就跟別人合租吧！朋友建議我。找到合租那一欄，一個個打電話，接電話的男的大都不願意帶我合租，說要租給女性朋友，或者說已經租掉了。有幾個女的倒很高興願意和我合租我卻又不敢去。夜深，無果。朋友勸我還是明天去仲介找吧。

第二天下班，借了朋友的電瓶車，滿世界的跑仲介。天快黑的時候，突然下起暴雨，騎著車子竟然找不到躲雨的地方，狼狽的在雨中行走，好不容易想起不遠處的天橋可以躲雨。天橋下面已經有幾個在躲雨的人，一個拉板車的老頭，一對賣水果的中年夫婦，還有一個「摩的」師傅，我加入了他們的隊伍。雨越下越大，風又摻合著改變了雨的方向，我們一步步的往後退，退到幾個人無路可退的時候，雨就淋濕了衣服。我就傻傻地站在雨裏，看著馬路上奔走的行人，看著這個雨中霓虹燈閃爍的城市，不由得傷感湧上心頭，這個城市，富人的小車在雨中油光賊亮不染一絲塵土，而我卻找不到一個暫時居住的地方。想起刀郎的那首歌：我把夢撕了一夜／不懂明天該怎麼寫／冷冷的街冷冷的燈照著誰／一場雨濕了一夜……冷冷的風冷冷的吹不停歇/哪個人在天橋下／留下等待工作的電話號碼……

後來，幸虧我以前工作過的單位老總借了我一間房子，才結束我租房的日子。然而，那些天租房的心酸卻讓我很難忘。

別了，我的山溝

當一個如糖葫蘆般甜蜜的資訊跳躍著告訴我可以離開的時候，我還一個人在山溝裏堅守著我的暑假生活，而離開山溝的時間不到幾天了。或許是意識的變化，山溝一下子親切起來：一草一木，寂靜的校園，陰涼的村落，秀麗的小山……我在這「親切」中開始收拾我的行囊。

三年裏畫的一堆油畫橫七豎八的躺在老屋的角落，還有沒畫完的幾幅在散發著濃濃的松節油的味道。這些讓我想起三年來握著畫筆的生活，週末的時候，喜歡拎著畫架走在小山上，漫不經心的塗抹，繪畫山溝裏的一些景色。與其說是創作不如說是打發寂寞的山溝生活，在枯燥平淡的生活中承受著一份恬靜的安逸。就這樣繪畫滿眼飄零的落葉，繪畫白雪皚皚的小山，繪畫漫山紅遍的杜鵑花，繪畫炎日下勞作的老農。今年四月，《美術大觀》給我的山溝系列油畫作了一個專欄。算是對自己塗鴉的一個交代，也是三年生活的一個見證。拎幾幅能帶走的油畫，剩下的就丟給老屋吧！

月初，一家出版社寄來了我的散文集。翻開嶄新的書籍，裏面都是我在山溝裏寫的近百篇散文。一直不認為自己是一個寫手，甚至寫字都算不上我的業餘愛好，這本書只是寂寞的產物。山溝裏，一千多個日夜，無所事事的時候，尤其是孤寂的夜晚，不寫字又能做什麼？我喜歡在夜晚，村莊死一般的沉睡過去的時候，獨點一盞燈，與煙為伍，與字作伴。三年來，所有的收穫都放在桌上一堆厚厚的報紙裏，五百多篇，三十多家報刊。一段時間，投稿、收樣報、拿稿費是我唯一的精神支柱。字裏字外是我山溝歲月最真實的寫照。這些我是要帶走的，以此紀念三年來烙在我心中深深的歲月痕跡。

隨手打開抽屜，看見裏面放著幾張我和學生在山上寫生的照片，於是這些情景一幕幕湧在眼前。剛來山溝的時候，學生很好奇，還有專門教美術的老師，尤其是長成我這樣的美術老師。新鮮過後，學生們還是很喜歡我的，喜歡我在他們面前「顯擺」自己的美術作品，喜歡我的上課方式，喜歡我帶給他們的快樂美術。三年來，我們一起度過了許多快樂的時光。和學生去上山寫生，一起去采滿山紅遍的映山紅；在冬日帶著學生在操場的雪地上作畫、玩遊戲、堆雪人；課餘時間，輔導學生創作，參加比賽，和學生一起分享獲獎帶來的喜悅！山裏的學生很單純，我也感受著這份天真無邪的快樂。那段時光，在偏僻的山溝裏，離現實很遠，和學生很近。現在，我小心翼翼地把這些珍貴的照片收藏在我的皮箱裏，離別的傷感頓時湧上心頭。別了，我愛的學生們！

再次去山溝走走，一切都是我熟悉的路線，我曾經無數次行走的地方。這個灰色的村落，這些原始的農田，那片曾和我多次相約的荷塘，還有那棵古老的香樟樹。這些見證了我的山溝生活，陪伴我一起孤獨，給我的文字和繪畫添加了許多獨特的色彩。當然，還有山溝裏愛我的以及我愛的人們，他們讓我快樂，給我力量，讓我在山溝裏一千多個日夜堅強地充實地演繹著自己的生活。如果說三年來還有更大的收穫，那就是在孤寂的日子裏讓我學會了成長，時候保持一顆平和的心態，無論何時何地，盡力地做自己。而這些人生的經歷，我相信是寶貴的。

裹起簡單的行李，合上沉重的木門，還是用三年前我曾親手打開的那把鏽跡斑斑的銅鎖封鎖我的老屋。那一剎那，心裏迅速劃過一陣尖利的痛。三年以前，就是這樣拎著簡單的行李來到這裏，而現在，我將要開始下一站的旅行，我的位置又發生了一個變化。轉身離開，慢慢地移動，慢慢地注視我曾生活了一千個日夜的地方，慢慢地用心道別。最後，讓我張開雙臂，和山溝作一個別離的擁抱。別了，我的山溝！

父親的願望

房價漲的飛快，轉眼間就不可思議起來。早就掉進漲工資的河裏，卻一直還是一個美好的願望。以我初級的數學水平很認真地算了一下，現在一個月的工資買不到三分之一平方米，那麼我買一套房子不吃不喝要三十年，我能不吃不喝？不能，所以我買不了房子。我啃饅頭的時候突然有個天真的想法，要是工資漲得和房價一樣快？要是還有福利分房？要是俺爸媽也是城裏人也給俺一套房？饅頭啃完了咬痛手指，幻想也灰飛煙滅，又加入心甘情願做房奴的「勞苦大眾」中。

狂想買房是來自九月剛調回小城工作無房可住流落街頭的困境，房子像奶油麵包一樣誘惑著我。於是這幾個月就把有限的課餘時間投入到無數的買房隊伍中，一段時間下來竟然搞清楚了很多問題，什麼公積金貸款，商業貸款，如何繳納房稅，房子的使用面積等等。當然，房價的飛漲還是讓我無法接受，天啊！幾十萬人民幣，那是天文數字，心狂跳不止，泡在房產市場裏，我似乎麻木了，但這要是讓老家的父母知道會不會讓他們嚇出心臟病來？幾十萬！那要種多少棉花和水稻？幾十萬！靠父親戒煙戒酒？幾十萬！靠母親賣雞蛋積攢的錢？似乎是一個可憐的笑話。當我看到人家一次性付款時，真想留意最近銀行有沒有失竊，或者是不是用假鈔。不管怎樣，看人家付款的姿勢、那神情、那態度，足以讓我試圖模仿。

前幾天，終於以我頑強執著的精神在二手市場淘了一個二手房，二室一廳的房子，30萬，位置很好，離我上班的地方不是很遠，又圓了我做城裏人的夢，準備拿下。花20元去看了房子，雖然沒有我夢想的落地窗，沒有與陽光輕吻的陽臺，沒有大大的臥室，但我已經很滿足。想到這屋子就要是我的家了，很是以失眠的方式慶祝了一下。是仲介用她那短小精幹的計算器告訴我，要首付十幾萬，還有什麼五年稅，手續費等等，我才在夢中醒來。上班三年，我的口袋不過三四萬塊，借錢是我的弱項，餘下錢的靠誰？小丫的《開心辭典》經常有三種求助方式：除掉一個錯誤答案、現場求助、熱線求助，電腦顯示的數位以我的初級數學水平都能判斷是準確的，沒有錯誤答案；仲介專業的微笑和親和力以及房主冷漠的眼神宣佈現場求助無效；那就只好熱線求助了，我的手機號碼簿有108個號碼，從前面翻到後面，再從後面翻到前面，似乎只有老家的號碼可以求助，父母是天下最可愛的人嘛！

打電話，小侄女接的，說爺爺在田裏割稻，費了半天才找到父親，父親似乎在搓了搓滿是泥巴的手拿過話筒的。我要買房子，還差10萬塊錢……我小心翼翼的告訴父親。多少？父親在電話那頭問。只要10萬，我差點不敢說。10……10萬，父親結巴了。半響，無語，不知道父親是不是在那頭算賬，可家裏只有一頭耕牛和幾隻會生蛋的母雞，今年又能收到多少棉花和水稻，對了，應該還有點存款，那是年復一年的賣棉花、水稻、雞蛋、豬仔錢。父親開始說話了：這樣吧！你先緩緩，等晚稻收割完就把賣掉，雖然這時候價格上不去。那頭牛太老了我早想把賣掉，再去親戚家借點。「爺爺，你可以拿家裏房子去抵押貸款。」我聽見小侄女在一旁出了一個的好主意。對呵，我再去拿房子貸點款……父親喃喃低語。電話這頭我已經無聲地淚流滿面，我不想再買什麼房了。我告訴父親幹活不要太累，說房價也許會下跌，以後再買便宜的房子。欲掛電話的時候，父親突然問我買的是多大的房子，我說二室一廳的。「不行，要三室一廳！」我聽見父親堅決地在說。你知道那要多少錢？我笑父親。我想老了也去城裏住住，一輩子也沒有做過城裏人……

要做個城裏人，原來不是我一個人的願望。

供房

歷時二個月，辦完所有的買房手續，我，終於做了名副其實的房奴。

花三十多萬元買了這套房子，其中貸款20萬，首付中60%是父親從老家借來的，30%是在朋友那借的，10%便是我工作三年所有的積蓄。身邊的許多朋友很不理解，認為我可以租房住，沒有必要給自己那麼大的壓力。其實，他們不知道我對「家」的渴望，在外漂泊十幾年，租房搬了無數次，擁有自己的房子，做個真正的城裏人，那是我疲憊後最奢侈最急切的願望。

一開始還沉浸在造「家」的喜悅中沒有發現，現在清醒了似乎很怕：首付中的借款須在這兩三年內還清，每月還貸1700元（不包括銀行利率調整），十五年。天啊！我清楚的看見我的工資卡上每月1206元，「如何還貸？」是擺在我面前的一個嚴重的「家庭級」課題。

節省該是解決這個課題的基礎。那就從戒煙下手吧！「吸煙有害身體健康！」不抽煙多好，身體是革命的本錢嘛，禁止吸煙還是現代文明的標誌呢！於是，跟了我近十年的白色「七匹狼」香煙就這樣可憐的被我「拋棄」了，剛開始分手的時候，萬分不捨，那種失戀般的痛疼「刻骨銘心」啊！其中的滋味不說也罷。然，終於和香煙說拜拜。朋友說怎麼戒煙了，我說身體要緊啊，遭白眼一片，分明在說我撒謊啊。

似乎買了房子我的衣服就足夠穿了，把自己的衣服做一次清理，能穿的還真不少。不敢再輕易去我鍾情的專賣店閒逛，若去，那種穿新款的感覺是擋不住的誘惑。一次，陪朋友買風衣，我最喜歡的牌子，朋友說你也買一件，連忙拒絕，心裏一再告誡自己要冷靜，說喜歡上穿舊衣服了，還說舊的貼身，舒服。同樣遭白眼，但省下來的錢是真啊！

做了房奴才感覺飯店的菜真是太貴，一條魚可以自己燒嘛，煲湯原來也花不了多少時間，儘量帶朋友回家吃飯，既溫馨又省錢，朋友也說我的廚藝大增。空閒時不去健身房了，聽說跑步是最好的鍛煉，沒事在家看看書，寫寫字，打掃衛生，很悠閒，身邊朋友都說我是準模範丈夫。以前偶爾來了一張稿費單那是肯定要慶賀一下的，獎勵自己一包香煙或者拎一籃子水果，現在喜歡一張張存起來。明顯感覺自己小氣了，為了月底可以舒暢的喘口氣，這很好。

似乎節省不是解決本課題的根本辦法，「掙錢還貸！」的口號越喊越響。於是把自己的空閒時間以及週末充分的利用起來，寫字投稿，找些活幹，給一些輔導班上上課，差點去工地問問要不要小工，把自己的時間安排滿滿的。不停的奔波確實很累很辛苦，但每次還完一筆貸款，看著嶄新的房子，心裏還是很滿足很喜悅。記得領導曾對我說過「工作是快樂！」，我想幹活也是快樂的，可以還貸啊！

一段時間下來，許是太忙碌，抑或是壓力太大，忽然感覺自己身心疲憊，在沒完沒了的煩瑣中掙扎，把自己投入到一個機械的快節奏運轉中，不敢做短暫的停留，慌亂的腳步、緊張的生活，讓自己迷茫困惑，難道自己追求的就是一套房子嗎？朋友說的好，房子是讓你好好的生活，讓你疲憊的時候有個溫暖的歸宿，而不是你為了房子生活。於是，突然頓悟，生活其實很美好，精神的愉悅和物質的追求同樣重要。把腳步放慢點，再慢點，伏下身嗅嗅生活的味道。

現在，似乎已經適應了做房奴的日子，房貸不會因為自己的著急而變少，生活也不能因為還貸而失去了意義，銀行裏的欠款不過是個一連串的數位記號，從工地上走過來的我終於做了一個城裏人，終於有了一個家，無非是欠債而已。安心的生活吧！在忙碌中讓日子豐富起來，享受一下城裏的陽光，感受一點霓虹燈的浪漫，給生活一點藝術，快樂的生活。

於是，決定繼續做個快樂的房奴！

城市的距離

週末，黃昏，總喜歡一個人站在陽臺上看風景。陽臺在四樓，下面不遠處便是小區的門口，於是那些進進出出的人和車輛便是眼中一道流動的風景線。如果說俯視看到的是一幅最真實的生活景象圖，那麼遠眺便是小城日新月異的新顏，其實只需要一抬頭，小城便呈現在眼前，常常是湖邊那幢標誌性的建築，讓我想起這是一座城市。哦！城市。

兒時對城市充滿著無比的嚮往，一直在腦海中勾勒城市的樣子，城市是沒有村口的那片荷塘的，城市肯定也沒有那麼多的莊稼，老家的屋後是大片大片的竹林，那麼城市的房子後面呢？惑，不解。似一日在收音機裏聽到單老的評書，「城門大開，千軍萬馬撲面而來，噹啷啷……」終於想通了城市的樣子：城市是被城牆圍著，裏面住的就是城裏人，周圍是護城河，那時不知道城市的附近叫郊區。

然，不久就否定了。讀五年級那年，學騎自行車摔倒了，嚴重。鄉里醫生建議父親送我去縣醫院治療。帶著疼痛被一個叫「飛虎」的客貨兩用車帶到城裏，沒見城牆，無須打開城門，就直接去醫院了。這次有個重大發現，病房對面的樓房足有五層，確定，數多遍。以至於我後來一直把建築的高度當著城市繁華的象徵。

之後，走南闖北。於一個個城市間做個漂泊者，在工地上用磚頭丈量城市的高度，鋪設沉重而又堅硬的鐵軌丈量城市的距離，最後在江城的學府試圖尋找城市的現代化文明。後，充滿憧憬，攜一紙文憑，裹著行李，狠心買了雙「紅蜻蜓」的有名兒的皮鞋，走進我現在住居的小城。

而，做了一個城裏人，給自己安了一個家，便開始了每個城裏人都在感受的生活。就像我現在俯瞰小區門口那些行色匆匆的人們一樣，去上班？回家做飯？抑或尋找歸宿？是生活的不容易還是所有城裏人都有的城市倦怠，似乎離不開城市了，因為身體裏面人為的滲入了現代文明的血液；似乎想擺脫城市的霓虹，不堪忍受為生活奔波換來的「品質生活」；越繁華越寂寞，我離這個小城還有多遠？曾記得那年我在天橋躲雨的時候，仰望天空，在雨中尋找我留下的堅定理由。以至於後來的很多年，這個畫面從當初的無奈變成現在一個溫馨的回憶。

喜歡夜晚，尋一高度，看城市。夜幕下的小城沒有一點倦意，在無休止地運動著。車流依然，人潮依舊，就連霓虹燈也把城市裝飾的像個半透明的物體，沒有一丁點兒空隙。計程車穿梭，女郎的裙擺在搖曳，那個老婦在忙碌著她那誘人的燒烤，仍舊有如我當年一樣在耀眼的太陽燈下用鋼筋混凝土丈量著城市又一座建築高度的工人，他們一定有著夢想，因為城市。這個時候我沒有辦法不想到我的村莊，寂靜一片，父親是在擺弄那台陳舊的黑白電視機還是酣然入睡？如果是冬夜母親肯定在納著棉布鞋。忽然感覺城市不過是繁華熱鬧與安逸寧靜的距離，而我這個農村人對城市有著一種生存的依賴，如此而已。

假期，小侄女從農村來我家小住。我帶她去小城最大的超市購物，帶她去吃麥當勞，帶她去公園。我把能夠感受城市氛圍的地方都呈現在小侄女面前，我不知道小侄女對城市有沒有像我兒時那樣的渴望，是不是也在尋找城市的城牆？臨走的時候小侄女問了我二個問題：為什麼你家門總是關著的？為什麼不可以到鄰居家去玩？不敢告訴小侄女這是城市的距離。

習慣了在城市穿梭，習慣了聆聽著窗外的汽車剎車聲、喇叭聲，人流潮湧聲和熱鬧的繁華，習慣了街道的擁擠和擁擠的街道，原來人與人之間就是城市的距離。如果說城市的軀體是鋼筋水泥塑造的，所以它冰涼的堅韌。那麼城市與城市、農村與城市、人與城市的距離其實都是一種主觀臆想的空間間隔，順著鐵軌就能走到城市，順著嚮往一定也能到達彼岸，只是一切需要自己用心去丈量。

課桌椅裏的三十年

1985年9月1日，我穿著哥哥的舊衣裳，背著母親縫製的小花布書包，拿著父親不知道從哪兒弄來的小黑板去上學。母親跟在後面，背著我的課桌椅——所謂的課桌課椅，就是一個大板凳和一個小板凳。大板凳當課桌，小板凳當課椅。這一幕一直在我的腦海深處很多年。記得那天人很多，都是來報名的家長和學生，在教室門前排隊，一個個接受老師的面試，二個基本要求：一個是年齡達到八周歲，二是要會從1數到100，村子裏小三斷斷續續的數到六十幾就再也不會往上數，被他爸一頓好打，帶回家了。我會數，得以走進教室。

當時的教室是村子裏閒置的公社食堂，破破爛爛的，門被吳大爺拿去訂滿洋釘（鐵釘）用來打稻穀，木窗櫺上糊紙的窗戶早被村子裏孩子用竹竿捅破了，屋子裏還有老王家耕牛在此住居過的痕跡，教室一角土地上插有牛樁，鋪著稻草，牛糞早被老王拾走，地上很潮濕。老師指揮我們打掃乾淨，擺上各自帶來的課桌椅，這是我的第一個教室。

初中在鎮上讀書情況有所好轉，學校是鎮上以前的糧站，一排簡易的瓦房做了我們的教室，學生不用帶課桌，帶個小凳子就行了。課桌是一排一排早已做好的土坯，上麵糊了一層舊報紙。我曾經鬧過一個笑話：上課調皮，在桌子底下用腳敲打土坯製作的支架，一不小心把「桌腿」弄倒了，又怕老師知道，只好用雙腿頂著沉重的土坯桌面，整整一節課。

讀高中的時候，終於搬進了有玻璃窗的明亮的教室，也有了真正意義的課桌椅。學生統一交錢給學校去傢俱廠定做木質的桌椅，看上去很整齊、美觀，畢業後由各人帶回家。每個人都在自己的桌子寫上名字，因為是私有財產，都很珍惜。至今我高中的課桌還在老家放著，母親用來給小侄女放學回家寫作業。

1999年9月1日，我走進了大學校園。這次終於讓我長了見識，全是嶄新的課桌椅，又長又寬，漆得亮堂堂的，非常氣派，下面還有抽屜，可以上鎖，都是學校提供，統一編號，兩人一桌。教室更是窗明几淨，配有電視，還是彩電，每天晚上可以看新聞聯播。黑板竟然是可以活動的，有四塊組成，能夠上下左右拉動，這是我第一次見到這樣的黑板。另外，各種實驗室、圖書室、閱覽室那條件是更好。也是在那裏，我才感到無比的踏實，不用擔心桌椅搖晃，可以閱覽很多很多的書籍，可以在整潔美麗的校園裏散步。

2005年9月，我考入小城一所市直屬學校任教，雖然也很偏遠，但均衡教育的發展讓學校的基礎教育設施和師資得到了前所未有的改善。多媒體教室、電子備課室、語音室、理化生實驗室等等配備完善，尤其是學生個性化的塑膠課桌椅，一個人一桌一椅，輕巧時尚，既能保護學生的視力，又能矯正學生的坐姿。

從土坯的課桌到現在時尚的個性化課桌椅，從閒置的破瓦房到現在鋼筋混凝土結構的教室，從歷史到今天，我所走過的三十年時間，是我國改革開放取得巨大成就的時期，更是教育領域發生巨大而深刻變化的時期。隨著改革開放的不斷深入，我想，我們的祖國會迎來一個又一個春天，會迎來一個又一個巨大的變化。

人生的面具

每個人都戴著一張面具，在人生的舞臺演著自己的一曲戲。從開始到結束，導演是自己。

走在大街上，我們就會看見行行色色戴著面具的人們，有的微笑，有的冷漠，有的垂頭喪氣，有的飛揚跋扈。如果走進心裏，看到的面具那將會更多。

面具是有兩面組成的，向著陽光的燦爛，另一面也許就很陰暗。堅強的另一面也許是軟弱。成熟的背後也許是幼稚。熱情的背後可能比誰都冷漠。當然，你看到的所謂真實，也許就是虛偽。

面具造型是不一樣的，就像這個世界上每一個人都不相同。有的製造很完美，有的很勉強。每一個人的面具都可以是自己喜歡的顏色，這個世界上顏色本來就很豐富。有的人面具顏色很單調，從開始到結束，一如既往。有的人面具顏色很多，變化很快，比變臉還變臉，不用手抹就能換臉。

有的人換面具是迫不得已，因為我們要生活，即使再麻木不仁也要裝作熱情，即使內心再厭惡也要偽裝一張笑臉。當然，也有死腦筋的，就戴著一張單調的面具不肯換，這樣的人不是孬子就是聖人。孬子不知道害怕，聖人什麼都不怕。

有的人換面具是為了隱藏自己的虛偽和貪婪享受，欲望讓他迫不得已。於是，嘴裏喊著「反腐倡廉」，背地裏卻大肆收斂黑錢。嘴裏喊著「為人民服務」，背地裏卻讓小姐為他服務。

一輩子不換面具的人活著很累，一輩子面具換個不停的人活著也很累。不換面具的人是人，面具換個不停的人都不知道是不是人。

一隻麻雀的困境

一個雪天，我打開窗戶看雪景。窗外，銀裝素裹，雪景迷人。不遠處，一群麻雀在樹頭上嘰嘰喳喳四處尋食，三三兩兩飛舞著，一會兒俯衝到雪地，一會兒越上枝頭，無處尋覓時便盯在電線杆上看雪景，最後它們在門前的一棵樹上集合，一起發出抗議聲，嘰嘰喳喳……

一不留神，一隻麻雀從我打開的窗戶裏飛了進來，本能地關緊了窗戶，我沒有傷害它的意思，應該是好奇吧。這只小麻雀就不知道是誤闖還是好奇了，成了我的一隻囚鳥，無處逃生。

突然陷入困境，小麻雀一下子驚慌失措，在屋子裏焦急地飛來飛去，四處亂竄，麻木的尋找突破口，不時「砰砰」地撞到明淨的窗戶玻璃上，受傷模樣。

正在我擔心它會摔傷的時候，發現這只機靈的小麻雀竟然安靜了，許是發現沒有人傷害它吧。它盯到我對面的書櫃上，看著我，四處瞅瞅，呵呵，有點想跟我和睦相處的意思啊！

窗外，雪地裏還是有麻雀在嘰嘰喳喳，我又忍不住打開窗，看看外面那些可憐的小傢伙。突然，「唧唧」的一聲，小麻雀箭一般從我面前飛了出去，來不及關窗戶。我有點自嘲，上當了，被小麻雀的安靜所麻痹，原來它在驚慌之後，積蓄力量，尋找機會，終於，讓它逃出了困境。

其實，人生中，我們常常會像這只小麻雀一樣陷入困境，只是結果不同而已。陷入困境中，有的低級消沉，安心做個生活的「囚鳥」；有的橫衝直撞直至傷痕累累也得不到解脫；有的積蓄力量，尋找機會，奮力一搏，最終衝破困境，像這只小麻雀。

讓自己的眼界高點

週末下午，和朋友一起爬山。小山不遠，就在城市的一旁，幾乎沒有費力氣就登上了山頂。在快接近山頂的時候，我隨口問朋友上面有什麼好看的，「上去你可以看見這座城市！」朋友說。

上去就可以看見這座城市！好溫暖的語句，似乎整天都在城市的高樓大廈下麵奔波，像迷路的螞蟻，慌張而迷亂。現在，就能看見這做城市？於是，我一步跨過城市的頂峰。

城市！我看見了這座城市，在冬日的下午，一個陽光明媚的下午，我看見了我所生活的城市。朋友說：「沒有想到吧！俯視著看我們的小城很美。」是的，眼下的小城竟錯落有致，高樓大廈林立，車水馬龍，一片生機。我問朋友站在上面怎麼感覺小城如此美麗？朋友說那是眼界的問題。

想起這樣一個笑話故事，有一位非洲的酋長去英倫三島觀光回來，別人問在那裏看到些什麼，酋長想了想，很認真的說：「那邊的大人小孩都說英語。」酋長說得固然沒錯，但他所注意的只有這些，其他的或許都被忽略了。就像鷹即使高翔萬里，看到的也只是地上的兔子。這就是一個人的眼界。

據說大清乾隆皇帝下江南的時候，在鎮江金山寺，他問當時的高僧法磐：「長江中船隻來來往往，這麼繁華，一天到底要過多少條船？」法磐說：「只有兩條船。」乾隆又問：「怎麼會只有兩條船呢？」法磐道：「一條為名，一條為利，整個長江中來往的無非就是這兩條船。」這也是一個人的眼界。

站得高，看得遠。這是誰都明白的道理，因為眼界高了，視野就開闊了，就像站在山頂就能看見日常所看不到的小城全貌。但生活中我們是不是都能讓自己的眼界高點？經常看見生活中有些人為一點小事爭吵，甚至反目為仇；經常看見工作中有的人為一己之利，爭得頭破血流；經常看見人生中失意落魄的人，消極生活。這都是一個人的眼界問題。

眼界高了，道路就會自然開闊了。因此生活中我們不妨打開多自己的眼界，比如多讀書、多學習，提升自己的品味，提高自己的眼界；比如多外出走走，長長見識，開拓視野，擴大自己的眼界，不要井底之蛙，坐井觀天；比如平凡的人就讓日子過得平常、平淡、平靜、平和點，寧可庸俗，不要低俗；比如不平凡的人，可以身子低一點，眼界再高一點，胸懷天下。

眼界決定了一個人的境界。禪宗有這樣一句話，叫做「眼內有塵三界窄，心頭無事一床寬」。就是說眼睛裏要是有事，心中就會有事，如果你胸懷開朗，心頭無事，那你就會覺得天地無比寬闊。這是一個人的境界。有眼界才有境界，就像站在小山上看這座城市如此美麗一樣，眼界高一點，生活才美一點！

生活需要一點藝術

為藝術而藝術是藝術家的事，為藝術而生活亦是藝術家的事，而為生活而藝術就應該是我們每一個人的事了。

在喧鬧的都市生活中每個人都有壓力，快節奏的生活方式讓人緊張且忙碌。忙忙碌碌中我們失去了自己的個性和獨立空間，我們隨著生活在機械的轉動，驀然回首之間就會發現我們失去的還很多，繁忙著得到，繁忙著失去。而在這繁忙之中我們只能無奈地承受嗎?抑或放縱，沒有別的選擇？

早晨非得是鬧鐘把我們催醒？午飯必須是速食？晚上只有看著電視入眠？每個人都覺得生活很累，可我們只能這樣累著嗎？

如果……如果早上打破清晨的寂靜是一段漫不經心的樂曲，讓我們有個放鬆的心情迎接新的一天。如果午飯在小街的一個酒吧，坐在寬鬆的長椅上用啤酒滿足一下內心的狂野，用舒暢的音樂清洗一下緊張的大腦，閉著眼睛靜靜地享受著，當我澎湃時它會高揚，當我平靜時它也只是低奏，總是在我準備睜開眼睛時它嘎然而止。這種感覺多美！如果霓虹燈點亮的時侯，我們漫步在街上，欣賞著繁華之餘的美麗。我們看場電影，我們聽場音樂會，我們去酒吧。選擇這樣的一種生活方式，在現實生活中給藝術一點空間，不為名，不為利，只讓它是一種情感。這樣的生活不好嗎？

有人說我又不是藝術家，這些都是藝術家的事情。如果你是搞藝術的但西裝革履，別人就會驚訝你是搞藝術的？你怎麼跟我們一樣呀！你應該是衣衫襤褸長頭髮穿個破爛牛仔服。別人建議你房間的色調和諧一點溫暖一點，多留點空間，藝術味濃一些。你會說我又不是藝術家。搞藝術就跟別人不一樣？這種觀點是不對的，把藝術和生活分開就更不正確了。藝術是屬於所有人的，我們需要的只是給它一點時間而已。或許我們應該提高自己的藝術修養！

平淡的日子讓它藝術一點，每個人給藝術一點空間，其實藝術和我們每個人都很近的。只要你有藝術情懷的嚮往和欲望，藝術就會進入你的生活，你就肯定能得到藝術帶給你的快樂。辦公室裏放盆花，你就能感到泥土的芬芳；房間裏擺個小裝飾，你就會感覺溫馨起來；給心愛的人一束鮮花，不一定是玫瑰，她的眼睛變嫵媚起來。給生活一點藝術，日子便燦爛起來。

留一片月光給自己

一個平淡無奇的秋日，我來到這個古老的小城，學校在市郊區一個偏僻的小山溝，連綿起伏的小山似一彎彎的月亮，於是這座小山便有了一個如此詩意的名字——月行山。然而月行山卻並不美麗，我曾多次徘徊在小山之間，沒有我要的風景，小橋流水不在。周圍的山上早已沒有了森林，經過了多年的休養生息，長滿了小雜樹等植被，鬱鬱蔥蔥一片蒼翠。學校坐落在小山中間，旁邊散落著幾戶農舍，這便是我視野裏的風景。

山溝是孤寂的。是夜，秋風吹打著孤牆，難以入眠，披一片夜色看月夜，山溝裏沒有城市的喧囂和霓虹燈的絢麗，只有月兒就那麼淺淺的掛在樹梢，月光如水，樹影斑駁。月也朦朧，山也朦朧，人也朦朧。一片月光靜靜的流淌在我的臉上，用手摸去，柔柔的，似夢……

山溝是孤寂的。本就帶著一顆傷痛的心而來，心灰意冷地龜縮在山溝裏生活。很久很久，我都沉浸在在憂傷的氛圍中，看窗外花開花落，在一個個孤寂的月夜裏，領會痛楚。翻弄舊日的相冊和日記本細細的品位，曾經的心如滄海，偶而拾起遺忘的祝福，陪伴著自己一個個風風雨雨的日子。

山溝是孤寂的。寂寞的日子裏向天南地北的朋友傾訴孤獨。朋友發來資訊：羡慕山溝裏的那份恬靜的安逸，世外桃源般的生活正是你積蓄能力的時候，送我徐志摩的詩：「得之，我幸；不得，我命；得失隨緣最好！」。於是沉靜下來，寫一些教學感受，看看書，拍攝心中的殘荷，讓這些東西在一些報刊雜誌的角落短暫停留。不知在得失之間徘徊是否也是一種緣？

山溝是孤寂的。在枯燥平淡的生活中承受著這份恬靜的安逸。教學之余，常獨上四樓，依大廳一角且作畫室，沏一杯清茶，燃一支煙，漫不經心的塗抹寂寞的色彩。繪畫滿眼飄零的落葉，繪畫白雪皚皚的小山，繪畫漫山紅遍的杜鵑花，繪畫炎日下的黃土地，偶然繪畫一個冰冷而又淒美的你。

山溝是孤寂的。而我，亦是寂寞的。在外漂泊了十餘年，換了一個又一個的位置。扛磚頭的打工者，背著畫夾的流浪漢，師範學院的學生，一個人民教師……一路走來，寂寞做伴。在寂寞中孤獨著，孤獨著也感激著，在感激中充實自己。

山溝是孤寂的。落日吻西山，我倦戀著；風和樹纏綿，也有思戀；百年孤寂，那月不變。

山溝是孤寂的。留一片月光給自己……

選擇

兒時，記得有年春節母親帶我去小鎮上給我買衣服。我早就看上那件黑色夾克衫，想到穿在身上是多麼的帥氣，一路高歌。可就在買衣服的時候我卻發現了隔壁的文具店有我夢寐以求的白色鋼筆。那個時代有支鋼筆是很有「身份」的象徵。我用期盼的目光看著母親，母親卻對我說：「你只能選一樣，你必須學會選擇，選擇的同時就意味著你學會了放棄！」。這是我人生面臨的第一個選擇，黑色夾克衫我嚮往了很久，而白色鋼筆我又夢寐以求，最終我選擇了白色鋼筆。我記得那支白色鋼筆讓我驕傲了很長時間，一直到今天我還保留著。我不知道如果我選擇那件黑色夾克衫會是怎樣？

美院畢業的時候，很多同學都去選擇辦廣告公司。曾經的女朋友也奉勸我去開個廣告公司，說我很有這方面的天賦。也許是因為我在大學期間為了掙學費做過許多生意，辦了幾個成功的畫室，搞過一些廣告設計。然而，我卻選擇了教師這個職業。一個私立學校的教師，或許是為了圓年少時那個神聖的夢。於是戀了七年的女朋友選擇了放棄，去了沿海的一個大都市。走的時候她說這是她人生第一個痛苦的選擇。我不知道如果我選擇去辦廣告公司會是怎樣？

去年，小城的市直屬學校招考教師，一不小心讓我考了第一名。但我選擇了去一個偏僻的小山溝的一所學校任教。許多同事都覺得不可思議，在這個學校幹得很不錯，薪水也不低，卻要去一個什麼偏僻的小山溝。朋友們都勸我要考慮清楚，或者先去看看再做出決定，也許就會放棄了。我拒絕了「考察」的機會，在九月讓行李裹著自己來到這個小山溝。

如今，在這個小山溝生活快一年了。白天「誤人子弟」，晚上窩在山溝裏看月亮，工作之餘寫寫畫畫，偶爾混進附近的城市裏呼吸一下現代的空氣。用自己的選擇來體驗生活，亦美！天南地北的朋友尋問我的狀況，我告訴他們：山溝是孤寂的，但孤寂也是一種美麗！

其實人生面臨著一個個選擇，在選擇的同時，就意味著你不得不學會放棄。魚和熊掌不可兼得，有得必有失。人生只是一個過程，簡單或複雜，輝煌或平凡，就看你如何去選擇。我們應該學會選擇一種自己喜歡的生活方式，選擇的是人生經歷，放棄的只是一個回憶。然而如何確定自己的放棄？選擇了又如何來掌握？紅塵中，只有自己才能決定選擇和放棄，也只有自己才可以用人生做一次次的賭注。佛說：舍，終必得；而得，必先舍。也許終了時方知得失之道。

明天，我又有著怎樣的選擇？

位置

兒時，記得有一年春節，我獨自一個人去外婆家拜年，臨走之前母親再三告誡我：吃飯的時候不要隨便在桌子旁邊搶位置，一定要坐背對著門戶的那個位置。我問母親為什麼，母親說和大人一起吃飯，那個位置是輩份最小的人坐的。我記住了母親的話，所以在外婆家吃飯的時候，我堅持要坐那個位置．外婆感到很奇怪，我就老老實實的告訴外婆：「我媽說這就是我的位置。」親戚們一片哄笑……現在我知道這是一個傳統的風俗。

那年中考落榜以後，母親讓我去複讀，我卻執意要跟隨著一個親戚去南方打工。母親勸阻不了我。在幫我收拾行李的時候對我說：你年齡還小，在外面要多學習，不要甘心一輩子當個民工，要尋找屬於自己的位置。

不久，我便在一個建築工地上幹著雜活。是夏天，太陽毒辣的烤著我，工地上沒有可以遮陽的地方，汗水肆無忌憚的在我身上蒸發。休息的時候，我熱得實在受不了，躲到攪拌機的涼篷下面坐著，也許是每天十幾個小時的勞作實在太累，我竟然睡著了。迷迷糊糊中我被推醒，操作攪拌機的師傅把我一把拽下來，罵道：媽的，你怎麼跑到這兒來了，這是你坐的位置嗎？我無話可說，回到自己的位置——在刺眼的陽光下，一桶一桶地拎著混凝土。那個晚上，我躺在床上第一次想起了有關「位置」的問題。我責問自己：

我的位置在哪裡？就是我永遠的位置嗎？我想起母親的話，於是決定要尋找自己的位置。

以後的二年裏，我奔波在廣州的高樓大廈下面，在武漢的鐵路上，在南昌的高速公路旁邊……風風雨雨裏，我一直在執著地爭取，努力改變自己的位置，我知道這些位置已經不適合我了。

又一個秋季，我走進了師範學院。終於用幾年的辛酸和汗水在窗明几淨的教室裏爭取了一個不是背對著門戶的位置，也許是來得不容易我才備感珍惜。四年來我不斷地尋覓自己新的位置，在圖書館，在學生會，在獎學金的名單裏……一個又一個的位置屬於了我。

畢業以後來到這個小城，在一個私立學校上班，給我印象最深的是一次開會，領導對著下面說：「你們不要總是吵著加薪水，要擺正自己的位置，要看看你到底值多少錢。」這句話讓我一直銘記在心裏，我知道我仍舊是一個打工者，我的位置今天是我的，明天也可以換成別人。回憶自己位置的演變，小心翼翼地守著這份工作，儘管明白這不是我永久的位置，但我仍然十分珍惜。

我知道我們已經不屬於那個「鐵飯碗」的時代。競爭機制很激烈，更有許許多多不確定的因素。沒有永遠不變的位置，也沒有永遠適合自己的位置，其實短暫的停留還是需要去奮鬥。

今年一次不經意的招聘考試我走進一所市直屬學校，沒有所謂的成就感，也沒有感到滿足。我只是換了一個位置而已，這個位置又能適合我多久呢？人生應該有一個一個的位置組成……

明天，我的位置又在哪裡？

就這樣一輩子？

快年終了，又開始忙著給單位寫各種各樣的工作總結，什麼精神文明建設方面總結、綜合治理工作總結、部門工作總結等等。領導還一再囑咐：看看，別丟了什麼總結。本著為人民服務的精神，我又拿出往年寫的總結仔細對照一下，該寫的都寫了。突然想起，怎麼不給自己寫個總結呢？點擊額頭，在腦海搜索一番，發現一年過去了，竟然沒有什麼可總結的地方。不甘心，索性往前翻，把自己的28年作一個總結。

在農村長大，父母都是面朝黃土背朝天的農民。上有哥哥，下有妹妹，因此父母稱我：「二孬子。」長大後母親告訴過我，在我們那兒小名叫的越難聽越好養大。怪不得我哥叫「大孬子」。

讀書一直不好，勉強考上離家很遠的初中，（那個時候小學升初中要統考）又因中考成績差二分自費上了家門口的鎮上高中。小鎮離家很近，終於「我的地盤我做主」了。混到高二的時候，我的小名在街上就叫開了。後來實在對讀書不感興趣，於是在那個暑假跟隨一個遠房的親戚去了南方打工。一列火車把我換了一個身份，學生——民工。

打工的經歷可以寫成幾本書，打工的日子一言難盡，打工的歲月一直深深的印在我的記憶深處。奔波了好多個地方：廣州、武漢、南昌、寧波……做了很多「下等」活：在建築工地上挑磚拉土，在火車站運輸貨物，修鐵路……受了無數的委屈：被「兄長」

毒打、被包工頭賴了工錢、被人誤以為是小偷……知道了很多事情：城裏真的有很多高樓大廈，外面的世界很精彩外面的世界很無奈，沒有文化只有幹力氣活……明白了很多道理：露天野外是可以居住的，民工是沒有雙休日的，只有鹹菜也是可以吃飯的……

東奔西波的幹了兩年，有幾件事情讓我感觸很深。一次在建築工地上，我的搭檔被從六樓掉下來的鐵模具砸死了，只是一轉眼間，一個人就沒有了。有關部門處理的時候，我們才知道我們根本就沒有接受安全教育，包工頭也沒有採取有關部門規定的安全措施，就連安全帽都沒有。而最後只是幾萬塊錢了事，讓我明白環境的惡劣。還有一次在南昌修鐵路，休息的時候，我熱得實在受不了，躲到攪拌機的涼篷下面坐著，也許是每天十幾個小時的勞作實在太累，我竟然睡著了。迷迷糊糊中我被推醒，操作攪拌機的師傅把我一把拽下來，罵道：媽的，你怎麼跑到這兒來了，你以為你是大學生啊！（包工頭的一個親戚是個大學生，來工地體驗生活，他可以隨時休息。）

也許這些是我人生轉折的導火索，讓我不甘心就這樣一輩子，毅然選擇了回家讀書。仍是那列火車把我的身份換回來，民工——學生。

也是二年，重新拾起了課本，強迫自己拼命的學習。滿身的挫折和傷痛讓自己很堅強，朝著一個目標不停的奮鬥。在一個九月，一紙通知書把我送到高等學府。仍是學生，大學生。

四年裏，好像一直在賺錢，為了那昂貴的學費。沒有天之驕子的感覺，也沒有弄一場風花雪月。帶家教，辦畫室，做些小本生意，竟然真的賺足了四年的學費。畢業的時候，還以系第二名的成績畢業，很是讓我驕傲了一回。

2002年，我又一次改變了自己的身份，學生——教師。來到小城一所私立學校教書，在私立學校任教壓力很大，有很多不確定的因素。也正是在這些壓力下，讓我努力的教好書。寫了一堆稿子，畫了很多畫。把自己沉浸在這裏，彷彿可以減少自己的壓力，取得一些安慰。

去年，小城的市直屬學校招考教師，一不小心讓我考了第一名。仍是在一個九月，背著行囊來到這個山溝裏的學校。學校很偏僻，在山溝裏的一個小角落。學校很小，一百多個學生，二十幾個教師。學校很單調，只有老屋陪著我。

一年來，在這山溝裏數著春夏秋冬。畫幾幅山溝裏的景色，看山上的杜鵑花開花謝，看老屋屋簷下的燕子飛走了又回來，陪著荷塘風吹雨打，帶著孩子們走在村莊、田野。只有月亮的夜晚，寫著所謂的文章。

天南地北的朋友對我說著外面的繁華，孤寂堆成了糧倉，城市離我越來越遙遠，小山、田野、村落、老屋是我居住的地方。多少次問自己，就這樣一輩子？身份，還可不可以再變換？哪裡，才是我奮鬥的地方？

學會寬容

寬容，字典上解釋為「原諒，饒恕，不予計較追究。」寬容是一種美德，歷史上曾有許多對寬容的詮釋。在南京多寶寺內的彌勒佛的肚子上寫著：「大肚能容，容天容地，於己何所不容；開口便笑，笑古笑今，凡事付之一笑。」何等的寬容！美國前總統林肯對政敵素以寬容著稱，曾經對為此不滿的議員說：「當他們變成我的朋友，難道我不正是在消滅我的敵人嗎？」這是對寬容最好的詮釋啊！告訴人們要學會寬容。而作為我們教師，傳道授業、為人師表者更應該有一顆寬容之心，寬容學生，寬容自己，寬容社會。

記得以前剛上班的時候，一次上初二的美術課，我在黑板上寫字。突然後面傳來歌唱聲，回頭一看，那個平時喜歡調皮搗蛋的男生正站起來忘乎所以的仰頭唱著：「我的心，留不住……」引得全班的同學哄堂大笑。這是極不尊敬我的表現，這是對課堂的挑釁，我氣憤極了。大步走過去把他推到門外，不允許他再上我的課。不巧這事剛好被值班的校長知道了，下課以後校長找我談心，勸我不要生氣，要原諒學生，要懂得如何去教育學生，要控制自己的情緒……給我印象最深的一句話：「作為一個教師，更要學會寬容，要有一個博大的胸懷。」這句話我一直銘記在心，也從此學會了寬容學生。著名教育家陶行知說：「沒有愛就沒有教育。」只有有了愛心，教師才會懂得寬容學生。才會允許學生犯錯，允許學生質疑，允許學生對教師有意見。才會尊重學生的人格，尊重學生的個性，尊重學生的思想和需要。幾年來我一直和學生保持著平等、民主、和諧的師生關係。

教師會上，韓校長針對學校個別教師過於計較名利得失的現象就指出：「我們教師要以身作則，要寬容大度，如果自己都不能寬容別人，又怎麼能讓學生有一顆仁慈之心呢？」是的！作為一名教師，在教育學生的時候，不僅需要言傳，而且還要身教。我們在教育學生學會寬容的同時，首先自己就應該學會寬容。寬容是素質教育主體性的要求，教師要尊敬學生在教育教學過程中的自覺性、自主性、和創新性。要學會理解、包涵、寬容學生。蘇霍姆林斯基這樣說過：「有時候寬容引起的道德震撼，會比懲罰的作用更加強烈。」

寬容是一種無私博大的愛，是一種超越自我的境界。是衡量一個人氣質涵養、道德水準的尺度。作為一名教師，如果沒有一顆寬容的心，就會太過於計較名利得失，就會被生活瑣事所困，就會犯這樣那樣的錯誤，就會引起家庭學校同事的紛爭。就不能有一個豁達和超脫的心態，也就無從於去教育好自己的學生。阿薩吉奧利曾說：「如果沒有寬容之心，生命就會被無休止的仇恨和報復所支配。」

當然，寬容是一門生活藝術。寬容不是縱容，不是一味退讓、遷就。「寬不容非」，對社會一些違法亂紀的事，我們就應該站起來主持正義；對身邊一些不正確的行為，我們就應該提出批評；對犯了錯誤的學生，我們就應該幫助和指正，而不是麻木不仁。

學會寬容吧！寬容學生，你就會桃李芬芳！寬容自己，你就會開心快樂！寬容社會，世界就一定會和平美好！

一個人的舞臺

週末，陪朋友逛街。天氣很冷，朋友要進商場買保暖內衣，我站在外面等朋友。不經意間聽到有人在唱歌，抬頭一看，才發現商場外面的廣場上搭起了一個簡易的舞臺，鋪著紅地毯，一個男子站在中央拿著麥克風正在唱歌。我不知道他是不是一個歌手，記得他在唱一首名叫《夜來香》的歌曲，很好聽。但周圍沒有一個聽眾，街道上都是三三兩兩的人們在行走，由於天冷的緣故，又起著風，大家都縮著脖子低著頭，偶爾有人抬頭看一眼。但我發現那個男子仍在很賣力的唱著，儘管只是一個人的舞臺。我走過去，做他唯一的觀眾。一曲終了，我給了他唯一的掌聲。男子對著我微笑，說謝謝，又鞠躬。

想起小城車站門口那個擦皮鞋的女人，總是一個人常年累月地坐在那個角落，中間擺著簡陋的擦鞋工具，前面放著一把椅子。等著過往的行人來擦皮鞋，沒生意的時候，就擦拭著那把椅子，那是客人坐的地方。我經常出差，每次回小城，都去她那兒擦一下皮鞋。她擦鞋很認真，小心翼翼地去除灰塵，上油，打蠟，一絲不苟。在聊天中得知，她夫妻倆都是下崗工人，丈夫在做著「摩的」生意，家裏還有年邁的父母和讀高中的兒子，日子很清貧。但她很滿足這份職業，風吹雨打都守在這裏。轉身之間，我又看見她一個人在忙碌著，那是一道亮麗的風景線，那是她一個人的舞臺。

又想起那年我在黃山學習的情景。是新課程改革培訓學習，給我們講課的是北師大的一個博導。剛開始幾天還好，後面的幾天就有學員在上課的過程中陸陸續續的向外走，其實博導的課講的很精彩，可能是那些人要去山上看景色吧。博導見了就對留下來的我們說：諸位請放心，哪怕就剩一個人了，我也同樣會認真的把課講完。我們給了他熱烈的掌聲，這是一種高度的敬業精神，是一個人的人生態度，就像那個男子和那個女人，哪怕是一個人的舞臺，也同樣把它演繹精彩。

當然，社會上並不都是如此。我們經常看到這樣的新聞：某個女明星，在上臺演出之前就一定要把報酬拿到手，否則，罷演。她肯定知道下面有幾萬的歌迷在等她一展歌喉，只是錢沒有到位。還有的名人在出席重大宴會、頒獎典禮、簽名活動時，因為人少就會拒絕參加，他們會認為那樣太掉價了。甚至還有的明星在演出活動中，因為觀眾少就不夠投入，草草了事。也許他們都是名人，需要前呼後擁，需要一個大大的舞臺。然而生活中，我們不可能都活在眾星捧月當中。在一個人的舞臺，我們，是否一樣能演繹精彩？

孬子孬事

孬（nāo）〈形〉，字典解釋為：

1.壞。不好。如：孬好（好與壞）；舊社會窮人吃的孬，穿的孬。

2.怯懦；無能。如：孬樣（軟弱無用的樣子）。

孬子：

安慶方言——等同於傻子

「子」讀輕音，同包「子」

無法理解別人的話、做出別人無法理解的動作、說出別人無法理解的話或智力有障礙的人。

有兩種理解：1.不能辨認自己行為的癡呆精神病人。

2.錯誤的認為出力不討好的人很「孬」。

從小爸媽就喊我「孬子」，我也以為自己真的是孬子。可孬子後來居然還能考上大學，感覺自己有點不孬了。但直到現在朋友們還喊我「孬子」，更讓人氣憤的是還要求將我的名字也要改叫孫孬子。我堅決不同意，這一改還不真成孬子了？

一個月黑風高的夜晚，突然頓悟，也許自己真的有點孬，要不父母怎麼會從小就叫我「孬子」，不叫什麼「狗蛋」「毛毛」之類？要不怎麼會被父老鄉親、兄弟姐妹一直叫了二十多年呢？要不也太對不起自己的孬名了。仔細想想，嘿，還真做了不少孬事呢！

孬子六歲，非常羨慕父親每天能喝上幾兩小酒，特別是父親喝酒那架勢，在桌子上方坐在家裏唯一的一把破籐椅上，左手拿過酒壺，酒壺是那種壺身瘦瘦的，壺嘴長長的，中間還印著個壽字的清代瓷器。右手拿筷子。倒上酒，把酒壺放一邊，用左手拇指和食指端起酒杯送到嘴邊，抿一小口，咧一咧嘴，吸口氣，啊一聲，感覺舒服極了。雖然只有些花生米、炒黃豆等下酒菜。

一日，父母去田間勞作。我就偷偷地拿過酒壺，就著剩稀飯，模擬父親喝酒的樣子，抿一小口，咧一咧嘴，吸口氣，啊……喝起來了。不知不覺的把父親的一壺酒喝光了，還有一大碗準備中午給豬吃的稀飯。（據母親後來說足有七八兩酒）

喝完酒，聽隔壁的大丫說門前的塘裏在打魚，就晃晃悠悠的想去，結果倒在路邊的竹林裏。不知什麼時候被村裏人看見，忙去田間喊我母親，說你家孬子出事了。聽說母親當時嚇壞了，不知道出了事，最後一看我滿身的酒氣，一氣之下把我丟到塘裏洗乾淨（當時正是夏天），拎回家丟到床上不管了。結果我睡了二天二夜才醒來。

一直到今天我還不明白，酒有什麼好喝的？我怎麼去會偷酒喝呢？莫非自己真的從小就有點孬？

孬子七歲，和哥哥一起去報名上學。老師問我哥：你叫什麼名字？我哥說：「我叫大孬子。」「我叫孬子。」我沒等老師問就連忙告訴她。老師樂了，兩個孬子啊！「我是問你們的學名，不是小名。」老師笑著說。「好像……好像叫長江長河吧？」我哥用手撓著腦袋回憶著。老師樂壞了，說：「那你叫長江吧！你弟弟叫長河，長河比長江小嘛！」我一聽不幹了，使壞，哄老師說：「我爸說我叫長江的，不信你問我爸。」（當時我不孬啊！）老師才沒有時間問我爸呢，說：「那就你叫長江，你哥叫長河吧！」我哥竟然答應了。（我哥是真孬啊！）

一直到現在我爸還經常笑我：孬子不孬呀！還知道長江比長河大，小時候就賴了一個名字。

長大了又做了一件孬事。大學快畢業那陣子，兄弟們天天喝酒道別。一次班長喝醉了，拉著女朋友在馬路中間談戀愛。有個司機讓他閃開，他不閃，還說：「你還讓不讓人家談戀愛？都快分手了你還吵，又不是在馬路上。」人家司機才不管那麼多，拉他走，結果兩人打起來了。他女朋友忙回去喊正在喝酒的我們，說班長被人打了，我們就去助威。我一看司機人也不少，就跑到旁邊公用電話亭打「110」，不停的播打，說我們兄弟給人打了，你們馬上派員警過來。報完警，我又稀裏糊塗地過去指揮兄弟們「作戰」。一會兒員警來了，我一邊「作戰」，一邊指揮員警：「從那邊堵住他們，快！」員警卻直接跑過來把我逮上車，說：「我老遠就聽見你在叫，還不跟我回警局去。」

事後，兄弟們對我說：三年了，我們一直都在懷疑你是不是孬子，現在快畢業了終於找到答案。一兄弟在我的畢業留言冊上寫道：你！不是一點點孬。

由此看來，自己還真的有點孬，您說呢？

一個人行走

黃昏，出差回小城，我在客車上選擇一個臨窗的位置坐下，偌大的客車上只有四五個人，我把自己放在一個角落。漫長的等待後，客車開始緩緩地駛出車站，像一隻大大的蝸牛滿懷心事地在街上爬行。

車窗外，高樓大廈下一片繁華景象，馬路旁男男女女在行走，富人的小車像個幽靈在神出鬼沒，商場外人山人海，富裕的乞丐在經營自己的生意，一條流浪狗突然落荒而逃，沒有人注意到我要離開這個城市，就像沒有人注意到我的到來。

漸行漸遠，客車慢慢地遠離城市的喧囂。晚春的郊區詩畫般美麗，暮色中，一排排的綠色由遠及近走進我的視野，遠處的小山，朦朦朧朧的，略微有些起伏，像床簾裏側身而睡的婦人。漸行漸快，景色開始快速的掠過，像電影裏流動的畫面，呼嘯而過的風，拍痛我的眼，婦人在我的眼簾晃蕩。

我傻傻的靠在座位上，扭著頭，看著玻璃裏的風景，其實我在看自己，車窗玻璃照出了我的影子，也是一個人靠在座位上，呆呆地看著我，那張近乎醜陋的面孔感覺還是那麼的陌生，它竟然瞪了我一眼，我們僵持著。路過一個有著路燈的小鎮，我的身影就消失了，驀然回首發現，在昏暗的路燈下，我的身影雜亂而落寞。車內，一個女人突然在說，司機，給點音樂。

「漫天飛舞一片荒蕪，滿眼風雪和眼淚都化成塵埃，再多的哭於事無補，忘記所有才能夠重來……」幽幽靜靜的車廂內突然響起這首傷感的歌曲，一個女歌手用心在演繹最空靈的聲音。於是我也忘記窗外自己影子，假寐，聽歌。「曾經和你去看的海，早已冰凍不再澎湃，如果我不曾被你傷害，我就不會如此的明白……」是的，曾經因為寂寞，或者因為缺失，或者因為憐憫，或者因為虛榮，我們都被傷害過。前面的女人似乎明白了，低聲哭泣，風乾了憂傷，是傷害還是被傷害？

我喜歡一個人坐在車窗旁的感覺，在這漆黑的夜。不知到了哪裡，不知外面的夜色是暖暖的曖昧還是冰冷的孤寂，但一切與自己無關。曾經多次一個人用一元硬幣把自己交給城市的公車，滿載心事或虛無倦縮在車內最後的角落，在大街小巷流蕩。沒有方向，沒有風景，沒有目的地，奢侈自己的時間，一個人行走，就這樣走出無奈的困惑，走出憂鬱的殼。

快到小城了，我看見萬家燈火在閃爍，客車終於走出夜的懷抱，兩邊的路燈以勝利的方式迎接著。我又可以看見窗外的夜景，這個我呆了二年的城市霓虹闌珊閃爍，然而感覺還是那麼的陌生，這個城市不屬於我，我還是一個過客，就像來來往往所有的行人。一個夜來者的腳步不留一點聲響，貼近小城的中央。

車上的幾個人在收拾行李，那個女人很快就學會了那首歌，嘴裏輕快地在哼著「漫天飛舞一片荒蕪，滿眼風雪和眼淚都化成塵埃……」我沒有動，習慣了最後一個下車，仍看著窗外，照例是許多人擁上來，像皮條客一般拉著行人，「先生，住店嗎？吃飯嗎？我們那什麼都有……」沒有創意的糾纏。

我喜歡下車去那間酒吧，每次出差回來都這樣。仍坐上吧台那個位子，叫上那杯紅酒，放肆的看著舞池裏蹦迪的男女，想欲望的城市，讓震耳欲聾的瘋狂洗去一身的疲憊和夜色。慢慢地飲酒，歸。出門的時候，一條流浪狗突然落荒而逃。

一個週末的下午

午睡醒來，頭痛的厲害，還是沒有從被那個人「辱罵」中走出來。心情極差，室友電腦裏的槍戰聲不斷傳來，不時伴有室友痛惜的嚎叫，讓我很鬱悶。出去走走，習慣於做在電腦前的我做出了一個正確的選擇。

我住在一個臨街的小巷。每天早上班車把我從這兒帶出去，黃昏的時候又把我送進來，我會匆匆的去小巷裏頭的菜市場。三年了，就這樣出入於這個小巷。小巷沒有給我留下什麼印象，也許這兒根本就不屬於我，小巷對於過客永遠是陌生的。

週末的小巷很熱鬧，三三兩兩的行人在行走，偶爾摩托車、計程車穿巷而過。耳邊傳來「修冰箱……彩電……洗衣機……啊！」，拖著長長的獨特的聲音，有種家裏冰箱要被它喊壞的預感。賣菜的小販來的很早，推著一個裝滿小菜的三輪車停在路兩旁，擺齊幾個小菜，正在給它們澆著水。不時朝著路過的行人堆出最親的微笑，是不是今天的白菜又漲了價？

路過一個叫「麥客隆」的食品店，聽說是小城的百年老字型大小店。店門口拉了一條橫幅，寫著什麼本食品已經通過ISO9002驗證之類，不知道什麼意思，以我淺薄的認識無非是一個商品的廣告，還是踱進去瞅瞅，品種還真不少，墨子酥、綠豆糕、老婆餅等等。墨子酥是小城的特產，綠豆糕感覺就沒有兒時老家的那個吃得香了。搞不清楚的就是那個什麼老婆餅了，記得早些年老婆餅才出來的時候，只有臺灣生產的那種油煎的酥酥的很脆很香，也只有那種才叫著「老婆餅」。現在大街小巷都賣老婆餅了，什麼樣式的都有，味道也千奇百怪，叫「情人餅」才確切啊！我還是沒有買，走出店門的時候好像聽見服務員「嘁」了一聲，我的頭痛起來。

看見隔壁的理髮店玻璃門上寫著「塑造自己，從頭做起」幾個大字，很有意思啊，人的一生都在塑造一個「人」字，當然要從頭做起。更有意思的是旁邊寫著「專業塑造」，為之叫好，理髮店不叫「理髮」叫「塑造」更確切，「理」也只是「塑造」的一部分啊！記得農村裏走家串戶的叫「剃頭的」。理髮其實是一個精心塑造的過程，我準備進去「塑造」一下自己。一個女理髮師接待了我，問我要理個什麼樣的髮型，我說隨便。問我要洗嗎，我說隨便。她說你這人怎麼這麼隨便，我說那就洗吧。低頭的時候突然看到一張我熟悉的報紙，那是前段時間《新安晚報》給我做的博客介紹，有我的照片和博文。我想拿起來看看，又縮回了伸出去的手，沒意思，或許和心情有關。記得三年前我給一個私立學校招生。在一個縣城挨家挨戶的發招生廣告，下著小雨，抱著沉重的廣告單很疲憊，在一個店門口突然看見地上報紙上有我的一篇文章，是當天的報紙。我忙撿起來告訴走過來的老闆，說這是我寫的。老闆詫異的看看我，笑笑，不屑一顧。我無法解釋，畢竟上面只有我的一個名字。畢竟那是一家省級報紙。要是像今天一樣有我的照片就好了啊！可今天我卻沒有興趣再提。「塑造」的時候，女理髮師問我理什麼樣的髮型，我說隨便。女理髮師瞪了我一眼。怕！我只好說越短越好。理髮的過程中，一旁的另一個理髮師突然看看我，又跑過去拾起那張報紙看看，走過來對女理髮師說，這是他耶，很像啊！女理髮師也停了動作，看我。我只好說是我的博客介紹。女理髮師很想不信，也許看我孬孬的，怎麼會寫東西。我有種得意洋洋的感覺，心情也似乎好了起來，原來情緒可以變的很快。走的時候幾個理髮師還在議論我，說寫得不錯。

出門的時候收到資訊「對不起！謝謝！」。是的！一切都在「對不起！謝謝！」中，沒有做的，對不起。做錯了，對不起。做不到了，對不起。感激的，可以說謝謝。冷漠的，可以說謝謝。傷害了的，還是謝謝。這是我們都會的語言——對不起！謝謝！路過菜市場的時候我買了白菜，奇怪沒有漲價。

這是一個週末的下午。

網路，陪我一起寂寞

學校坐落在山溝裏的一個角落，前面是塊不大的農田，四周就是傳說中的月形山，旁邊散落著幾戶農舍，幾棵古老的香樟樹在不適時宜地孤獨著。我站在老屋面前，這便是我視野裏的風景。

本來我是和山溝一起寂寞的，老屋在旁邊陪著我。後來實在不甘心，牽了根長長的網線嫁給老屋，於是，網路也陪我一起寂寞。

沒有網路之前，我過著世外桃源般的生活，學生放學回家以後，山溝裏就一片寂靜。我和老屋一起倦縮在山溝裏，看著落日吻西山、漫步在秋天的田野、踏著月色看月夜、點一盞燈溫暖我的老屋……然而，我是耐不住寂寞的。

世界很大，大到我的山溝沒有人知道。世界且小，小到我的筆記本裏一下子就裝進了整個世界，雖然是虛擬的。於是，日子便很有意思，一邊是孤獨，一邊是虛擬的繁華世界。關上電腦，夜陪著我，老屋阻擋著夜。鏈結網路，我便遊蕩在這個虛擬的世界裏，隔著螢屏。

我很難沉迷於網路，就像我抽煙沒有成癮一樣。逛網站，玩遊戲、QQ聊天等等都沒有讓我沉醉在其中，同事甚至說我是天生的對網路不敏感，註定是個沒有現代意識的人。幸好東遊西逛的鑽進一些文學網站，發現竟然可以看書不用給錢，還可以隨心所欲的回帖評價。

夜深人靜的時候喜歡寫字，跟文學無關，只是寂寞的產物。類似於別人的打牌、釣魚、泡酒吧。不知道如果給我一個繁華的都市生活，我是不是還會選擇寫東西？但我愛上了碼這些方塊字，山溝裏一千多個日夜，就是用這些堆字遊戲和「七匹狼」香煙驅趕無窮的寂寞。

一開始我很不習慣用鍵盤寫東西，總是在紙上寫好再輸到電腦裏。後來實在嫌麻煩，就堅持坐在電腦前寫，時間長了也就習慣了，怪不得說習慣是個可怕的東西。一段時間裏，打字、發郵件（投稿）、看文學網、回帖竟成了我的一種夜生活方式。

去年的六月，主管部門在局域網上開通了個人博客，並邀請我加入，於是「山溝裏的孫長江」便在虛擬的世界裏占住了一席之地。山溝裏的我竟然也擠入了博客隊伍，做了一個有「博」的人。

擁有博客的日子讓自己活的很充實，無所事事的時候，塗塗寫寫，把自己的所謂文章，把自己的塗鴉，把自己偶拾的照片都放到心愛的博客上。以這種公開的形式來記錄自己的成長，自己的酸甜苦辣，自己的平凡和不平凡。

擁有博客還多了一份牽掛，就像牽掛不在身邊的戀人。每天早上第一件事就是打開自己的博客，看留言、回復，然後再開始給它輸入新的血液。其實，我的博客躲在那麼隱蔽的地方，哪有多少人能看見呢？一個人的牽掛而已，亦或是一種寄託。有時就什麼都不幹，靜靜地欣賞，就像欣賞自己完美的新娘。於是，我在想這個世界有兩個我，一個真實的我，一個虛擬的我。真實的我在山溝裏，虛擬的我在網路裏。

也是在這些文學網站和博客裏，開始認識了很多天南地北的朋友，還有生活中我很難見到的大師級人物。一開始在文章的回帖中交流，後來就去逛個人博客，在文學論壇聊天，談人生、工作、學習及生活。每逢遇到開心事，我們都會情不自禁的歡呼雀躍，轉而告知。凡是碰到不愉快的事，也會相互勸解和安慰。我們用文字在網路裏做一個陌生的知己。

不知不覺的已經離不開網路，上網已經成了我生活的一部分。靠它來瞭解資訊，靠它來和外界溝通，靠它來打發寂寞。有時候也許什麼都不幹，總是習慣打開電腦，麻木地打開一個網頁再關掉，一遍又一遍的看自己博客、信箱、文字，在虛無的複雜面前飄蕩。有時候嘗試著關掉網路，把自己一個人交給漆黑的夜，但還是堅持不了多久就要打開網路感受虛擬的世界。

其實我是要感謝網路的，陪了我這麼久，在我最寂寞的時候！

我的暑假生活

當孩子們在我手上拿走最後一張成績單的時候，我的暑假便悄然而至。寂靜的校園、我的老屋、夏日的山溝、你、我，這便構成我的暑假生活。

夏日的山溝是寧靜的。村莊、田野、小山，在一個清晨亦或黃昏裏就像一幅寧靜安詳的立體風景畫，我在一個不影響畫面整潔的小角落，老屋很虛，暗灰色。三三兩兩行人的步伐、流浪的風、跳躍的線條、滲透老屋的光線都融合在裏面，一切都恰到好處。陽光不透，塵埃落定。

夏日聽蟬很妙。在一個炎熱的午後，一杯茶，一支煙，躺在老屋後面的大槐樹的濃蔭裏，沐浴著清風，聆聽著村莊裏那遠遠近近成千上萬此起彼伏的蟬鳴。恍恍惚惚，搖搖晃晃間，一種與世隔絕的感覺。蟬鳴又起，兒時的記憶重現，夥伴的笑鬧、樹上的鳥鳴、園子裏的瓜香……放假前同事問我假期何干，我說我要留在山溝裏聽蟬。他們不解。其實，留點時間給自己，取一片淨土，卸一身的疲憊，尋一種隱士的味道，很美！

夏夜，難以入眠，披一片夜色看月夜，山溝裏沒有城市的喧囂和霓虹燈的絢麗，只有月兒就那麼淺淺的掛在樹梢，月光如水，樹影斑駁。月也朦朧，山也朦朧，人也朦朧。一片月光靜靜的流淌在我的臉上，用手摸去，柔柔的，似夢……

山溝的夏日，不經意間，一陣陣花的芬芳纏綿著夏風吹滿了小山溝，令人心曠神怡。白蘭花！一身白紗，淡雅素淨，悄悄的開放，使夏日的山溝處處彌漫著白蘭花的清香。這些純潔的小花，不張揚，不奪目，亦如山溝裏佩戴白蘭花的女子，不是那麼嫵媚動人，也不是那麼妖嬈富貴。然而，這份簡潔的單純卻是那麼聖潔高雅、超凡脫俗，恰似繁華落盡後的淡泊和清寧。

一個黃昏，禁不住荷的誘惑，獨自一人去看學校後面的荷塘。清清幽幽的荷香襲人，翠綠的荷葉如盤，亭亭玉立的荷花作一抹淺紅模樣，還有後面的小山，宛如一幅清新淡雅的水彩畫。我站在荷塘旁，彷彿看見你，依一葉小舟，載滿荷香，左一腳千年，右一腳百載，姍姍而來……

一個不錯的天氣，背上畫夾走上小山，尋一片陰涼，倚在樹旁，打開陳年的顏料，漫不經心的塗抹寂寞的色彩。在這個平淡的夏日裏，享受著這份恬靜的安逸。若幾個春秋，就這樣繪畫炎日下的黃土地，繪畫滿眼飄零的落葉，繪畫白雪皚皚的小山，繪畫漫山紅遍的杜鵑花，偶然繪畫一個冰冷而又淒美的你。

暑假，沒有孩子吵鬧的山溝很寂靜，老屋成了我們的避暑山莊，我陪著你在這炎熱的夏日享受槐花樹下的陰涼。悠悠夏日，陣陣蟬聲，微微清風，在這山溝裏演繹成優美的旋律。不要繁華，不要高樓大廈，也不要空調偽裝的涼爽。一起賞花、看荷、聊天、讀書、繪畫、玩耍，太陽從東邊的山溝起又落西邊的山溝下，月兒缺了又圓，圓了又缺，且作年華。忘了日子，忘了天下……

在這個夏季的山溝，日子平靜如水，沒有了煩躁的思緒，沒有了鬧市的繁華，我們倦縮在老屋裏，看窗外的楊柳輕舞婀娜，聽荷塘裏蛙聲四起。最後我看你淺淺的笑靨，暗藏著縷縷的柔情，滋潤了房間裏的每一絲空氣，演繹著我們的夏季。

你是這個夏季躲藏在翠綠的葉子下一朵平凡的白蘭花，潔白如雪，嬌嫩纖長，靜靜地散發出醉人的芬芳。沒有爭姿鬥豔，沒有奼紫嫣紅，卻平添一份優雅嫵媚，一種隱約風情。擁著你，如處子低首，嬌羞不可名狀。惹得夏日有點慌張，蟬有了幻想。

你是這個夏季荷塘開出的最後一朵荷，一朵潔白的素淨的也是柔弱的荷。我曾用溫熱的手無數次從你含苞欲放的容顏輕輕的滑過，心蕩起的漣漪起起伏伏層層疊疊在顫抖。微風拂過，我陪你一起搖擺，左也千年，右也千年，把一個個日子搖曳在幸福的心海。

這個暑假，山溝裏，讓我們守著這個夏季。明天，我是否可以把一切寂寞抖落眉梢？是否可以和山溝作一個別離的擁抱？是否可以帶著你浪跡天涯海角？

言親篇

逆光下的村莊

定居小城後，我似乎成了村莊的過客，確切地說現在的村莊已經讓我感到陌生，這種陌生感來自於地域和時空的差異，十幾年的光陰足可以讓一些人和事陌生，包括我的村莊。我一直在努力讓記憶和現實吻合，頑固地拒絕這個滲入了現代文明血脈的村莊那是徒勞，其實骨子裏早已經接受了這個現代的村莊，準確地說是文明與落後的一個混合物，如我常與妻說現在村莊裏也有很大的超市，賓館很豪華，還有浴場。

聯繫村莊的一直是母親手裏那根長長的電話線。二叔病了，癌症，晚期，母親第一時間就在電話那頭告訴我。「你能回來看看嗎？」母親小心翼翼地問我。「能，請了假就回去。」我想是必須要回趟村莊了。母親嘮叨又起：你二叔都是抽煙喝酒惹的，一天二包香煙，三餐酒，前年就病了，一直拖，孩子又不爭氣……

從商業街的小巷裏穿過依舊是我熟悉的村莊，母親早在等我，電話裏母親就一再強調一定要在12點以前回來看二叔，看病人是不能下午去的，母親很在意這些，領著我一路快走，無暇顧及左右的村莊。二叔的家還在水塘的旁邊，還是以前的老瓦房，只是水塘變得越來越小了，曾經那麼寬闊的水面，清澈的湖水，現在只剩稻穀場般的大小，渾濁的水面上漂浮著垃圾，水塘四周建起了許多廠房，對面電管站宿舍樓的生活垃圾漂到二叔家門口都是。二叔坐在堂廳桌旁，瘦的嚇人，顴骨高高凸起，臉色蠟黃，病懨懨地樣子，對我的到來很吃驚，畢竟我是多年未回村莊了，拉我在吃飯。我看見母親欲言又止的樣子，拒絕了，丟下幾百塊錢和一些補品，安慰一番，和母親一同回家。路上母親說，不要給二叔添麻煩，那個樣子了。母親明顯很傷感，一路歎氣。

第二日，恰逢是農曆十五，母親一早起來要去鎮上白衣庵去燒香。白衣庵在鎮上很有名氣，周圍幾十裏的人都經常去燒香、許願、祈禱。農曆初一、十五那是更興旺，會有許多香客，一上午的鞭炮聲，敬香磕頭都要排隊。不知道何時母親已是一個虔誠的信徒了，這些年母親逢農曆初一、十五都會去敬香。我突然想陪母親一道去燒香，說不出為什麼，記得小時候曾經多次拒絕母親要我陪她去白衣庵的要求。母親當然是喜出望外，讓我洗臉，換件乾淨的衣裳，囑咐我不要亂說話，一臉嚴肅，把我當個孩子似的。

我機械的跟著母親後面燒香、磕頭、求籤。母親說可靈了，當年你考大學、調動工作都是來這求菩薩保佑著的，你要好好的敬敬香。突然無比的感動，想起那年在一個山溝教書，一直想調回小城的，但一直找不到機會，也找不到給我這樣機會的人，後來還是小城一所學校的校長，與我文字識緣，費盡周折，終於把我調回去。在那個調動的過程中，常往返於山溝至小城之間，因許多不確定因素，那段時間很困惑很茫然，記得一次乘客車回山溝，剛行駛在長江大橋上，突然接到母親的電話，母親在電話裏說你不要著急，我剛剛去白衣庵幫你求了菩薩，菩薩說今年能調回去的。當時正因事情辦得不順利，心情特沮喪，母親這個電話一下子讓我淚如雨下，想起自己的不如意，想起自己如今還要年邁的母親在擔憂，想起無助的母親把希望寄託在神靈身上……我在車上用報紙遮擋著，任淚水肆意的流淌。現在，我看著眼前母親正在虔誠地磕頭，這個憨厚的農村婦女，沒有文化，沒有一點權勢，在兒子需要幫助的時候毫無辦法，但卻虔誠地迷信菩薩，祈禱神靈的庇護，總以為她自己誠心誠意的信仰、祈禱、磕頭會給兒子帶來很大的幫助，怪不得每次我困惑的時候，母親總是說沒事的，沒事的，明天我去白衣庵燒柱香，天啊！原來這一直是母親的力量。

記得小時候總想離開母親的視線，但逃離不掉，總是在盡心的玩耍時，被母親逮個正著，一頓好打，乖乖地回家寫作業。現在，每次回村莊卻總想跟在母親後面，陪母親聊天，聽母親嘮叨。在母親的嘮叨裏又知道了村莊這些年發生的許多事情：村莊許多人家都不種田了，本來田就少，現在被徵收的差不多，許多人便在街上做些活，和我童年的王四喜現在在街上跑計程車，還順便幫人家收賬，要工錢什麼的。趙二胖子發了，在商業街開了大酒店，鎮上的一些機關、學校、還有村委會都是大酒店的常客。錢三多也不知道怎麼搞的，那些年在街道上混事，現在突然就發了，開了大浴場，整天洗澡的人還不少。王大爺的兒子又進去了，三進宮了，這次是打劫，聽說判三年，他爸還在找人。母親還說到錢蛋子。他是我兒時最好的夥伴，兩人曾經一起放牛、偷瓜、踩藕，幹盡「壞事」。母親說他運氣很背，媳婦在街道上班跟一個開發商跑了，一個人帶著三個孩子過日子。母親又突然驚喜的告訴我一件喜事：說奶奶現在一個月能在政府領一百塊錢養老金，村裏人到六十歲後都能領到養老金了，還是政府好啊！母親不知道他們賴以生存的土地曾經何其廉價的被徵收，當然，母親是不會這樣想的。

第三天回小城，母親送我去公路旁等車。這裏曾經是我多次勞作的田間，如今新建了一條縣級公路，橫穿田野，兩邊的田地裏竟然建起了許多高樓大廈，成了小城的商業街，熱鬧非凡，超市、商場、髮廊、浴場，如果不是偶爾看見哪一家母豬從沒有關緊的豬圈跑出穿街而過，或者是聽見某家公牛發情的咆哮傳來，似乎像極了這是一座城市的街道。抬頭看見一幅巨大的象徵現代文明標誌的商業廣告牌立在街道的屋頂上，一邊對著街道，畫面上某品牌的內衣廣告被那個女郎代言得體無完膚，而另一側，幾根鏽跡斑斑的鋼管橫七豎八的支撐著。據說這曾引起了村裏人的不滿，說種田的時候抬頭就看見橫七豎八的鋼管在高空中微微欲墜，而走上街道抬頭看見的女郎又讓人邁不開腳步。母親也曾打電話嘮叨過，說這像什麼話，以前的標語可不像這樣不正經。母親指的是那些年村頭的大字標語，如「生男生女都一樣，少生孩子早致富！」、「偷國家電線要做牢！」等等。

就在等車的時候我看見小丫了，坐在自家服裝店門口，穿得很時尚，也很豐腴。母親早在電話裏就告訴過我，小丫結婚了，在外打工掙了些錢，回來嫁給了村長的兒子，在商業街開了服裝店。我一直搞不清楚小丫算不算我的初戀，兒時我們一起長大，一起讀書，一起玩耍。初三畢業小丫沒有考上高中去沿海打工，我讀我的高中，我們經常寫信，都是些天真的語言。我考上大學那年暑假，小丫剛好回家參加她姐姐的婚禮。於是就有某個夜晚我和小丫幽會於村莊某個角落的故事，儘管我曾經許諾過長大了掙了錢就娶她，但在夜晚二個人的空間裏還是緊張害怕，斷斷續續的廢話，本想趁機握一下小丫的手，小丫卻解開自己的衣裳，嚇得要死，我。結結巴巴地說，這，這不行，這要等到結婚的時候才……空氣尷尬，無言，退卻……讀大學時，一次在寢室聊天說到此事，室友罵我傻B，天下還有你這樣的孬子，送上門的不要。其實，室友不明白農村人的愛情都是開始於生米煮成熟飯，結束於柴米油鹽中。他們不會明白農村女孩對愛情幼稚的理解和單純的情願，所以我至今並不後悔，雖然沒有甜蜜可言，但並不是故事越多越令人嚮往，至少小丫後來說我是個好人，當然，書上說一個女人說一個男人是好人那就是要甩了這個男人。現在面對小丫，只是笑笑，說回來了啊，嗯。生意還好嗎？嗯。心裏絲毫沒有不安，就像我對村莊的感情一樣，因為質樸所以坦蕩。

村莊，再見！客車載著我離開的時候我對村莊這樣說。透過車窗，我看見白髮滄桑的母親一個人站在商業街的公路旁，目送著我，兩旁的商業街熱烈非凡，抬頭看見那幅巨大的某品牌的內衣廣告在逆光下很刺眼，刺得模糊了我的眼睛。

再見！村莊。

一袋米

父親上次來的時候很誇張，帶來了滿滿一蛇皮袋的大米，只因為我有一次打電話和他說城裏的米太貴。可說實話那米的確很難吃，早稻米，沒粘性，生硬。父親回去後，妻子就不吃那米了，一直堆在櫃子裏，準備找個機會讓父親帶回去，開不了口。

前些日，妻子不在家，中午下班回家不想自己做飯，就去小區門口的小飯攤吃盒飯。這些飯攤是流動的，到中午時間就會集中在小區門口，主要消費對象是附近工地上的許多農民工，當然，飯菜質量很差的，我偶爾不得不去那裏解決午餐時候，都會不斷地抱怨，這飯怎麼能吃呢？儘管我十幾年前也曾經和工友們天天吃這樣的飯菜。

果然很差，我接過盒飯，擠到一張破桌前，擦乾淨一個塑膠板凳坐下了，吃飯，旁邊圍著七八個民工在狼吞虎嚥。就這時候，又來了個民工，三四十歲模樣，衣服皺皺的，上面都是水泥漿的痕跡，皺紋刻滿曬得黝黑的臉，直徑走到我旁邊，放一個塑膠袋子在桌上，去攤位買盒飯。我看了一眼塑膠袋子，裏面應該是幾塊鹵干子，暗黃色，但鹵汁很多，黑黑的裹在一起。心想，這個民工今天改善伙食了。就聽見那個賣盒飯的婦女在喝叱，每天都光買飯，一塊錢，我本都虧沒了。抬頭看見賣盒飯的婦女在喝叱，正是這個民工，還對她憨厚的笑笑，說哪能呢，哪能呢，掩飾著一絲尷尬。見他手裏就捧著一盒米飯，走過來，坐到我一邊，小心翼翼地打開塑膠袋裏的鹵幹子，拎起來，先把鹵汁慢慢的均勻地澆到有點暗色的米飯上，狼吞虎嚥吃起來，他似乎餓壞了，大口大口地扒著飯。他顯然是把鹵汁當菜餚了，其實很少有人吃鹵汁的，買鹵菜的時候在上面澆一點鹵汁無非是讓鹵菜味道好點，那鹵汁主要是醬油、辣椒和鹵葷菜時候溢出的油脂。我買鹵菜的時候從不吃鹵汁，嫌它味道重，這個民工卻當菜餚來吃了，甚至是當佳餚來吃的，很貪吃的樣子。這裏盒飯四塊錢，這個民工這樣吃其實就花了二塊錢，桌上那三四塊幹子不會超過一塊錢的。這樣一餐省了二塊錢，應該是這樣的。我想這兩塊錢對他肯定很重要，要不他不會願意挨盒飯婦女的罵，還有別人異樣的目光。也許這二塊錢對這個民工來說，可能就是他孩子手中的一枝鉛筆，是他家裏的一天生活費，他捨不得。窮人的午餐都這樣，怎麼樣花最少的錢吃飽就好。

想起來小時候家門口的那些要飯的，肩上搭一個布袋子，手拿一根打狗棍，一家家的討，一般每家都會抓一把米放到布袋子裏，逢到吃飯時間，就會拿碗盛一碗米飯夾一點點鹹菜或者是倒一點菜湯給要飯的。常看見要飯的不管給什麼都會很享受的坐到你家門口吃起來，有的不夠還會再添點。當然，這個民工是不一樣的，雖節省，吃的很孤獨，但很有尊嚴，勞動所得。只是感覺他們都是只需要一點米飯來填飽肚子就很滿足了，這一點很相似。

這個民工吃飯很快，我還在盒飯裏挑三揀四的時候，他已經吃完站起來了，走的時候我發現他的鹵幹子竟然一塊沒吃，仍舊小心翼翼的把塑膠袋子包起來，拎著，走了。

想起了父親一個人那麼遠帶給我的那一袋米。

娘親，莫哭

娘是一個普通的中年婦女，勤勞善良，任勞任怨。娘脾氣特好，就是農村裏常說的那種老好人。多少年來，娘從來沒有跟別人爭吵過，父親脾氣暴躁，但每次娘都默默的承受著。娘彷彿與世無爭，心思都放在兒女身上。記憶中，娘瘦弱的身軀在田間勞作、娘在昏黃的油燈下給我納的「千層底」、娘偷偷塞給我的零花錢、娘站在那個小路口送我出遠門……還有娘的哭，娘哭過三次，每次都深深的烙在我的心裏。

兒時，為了養家糊口和我們兄妹的學費，父親常年在外打工。田間裏男人幹的重活，家裏的一堆瑣事，還有撫養教育我們兄妹，這些重擔全落在娘身上。一次下午放學，走近家門口就聽見娘的哭聲，這是我第一次聽見娘的哭，娘哭的很傷心，嚎嚎大哭，我看見旁邊圍著正在勸說的鄉親們，娘坐在矮木凳子上，滿臉的淚水。娘的哭是一種訴說，訴說自己的壓力和委屈。原來娘在田間引水灌溉的時候總被別人欺負，今天一整天田裏都沒有引入一滴水，因為父親不在家。娘哭在外打工的父親，說他不顧家裏的母子幾人。其實，父親是被娘趕出家門的，父親一直放心不下家裏的農活。

娘第二次哭是外婆去世。那天下午，村裏的一個幹部到家裏告訴娘，說娘的老家江西那邊發來電報，外婆去世了。娘愣了半天沒有說一句話，轉身走進房間撲在床上。好久，好久，娘哭起來，娘整個身子都在顫抖，娘開始哭著她的娘，一點點地哭說……我們無助的勸著娘，莫哭。那一夜，我體會了娘失去親人的痛苦；那一夜，我才知道原來娘日日夜夜都在思念著她的娘；那一夜，娘的哭深深刺痛我的心。

高中期間，由於家裏貧困，我放棄了讀書的機會，隨一個遠房親戚去南方打工。東奔西波的幹了二年後回家過春節，娘在我又要出門的時候問我：還想讀書嗎？其實我想，寫在臉上。回想二年的心酸和辛苦，回想那一個個風風雨雨的日子，我是多麼渴望讀書。那夜，我聽見娘第一次和父親爭吵，娘說絕對不能再讓他去打工了，娘說再苦再累我也要讓他去讀書。我走進了久違的學校，帶著娘的深深的期盼，穿著娘一針一線納的布鞋，揣著娘偷偷塞給我的零花錢，狠狠的讀書。99年娘又哭了一次，那是一個炎熱的夏，娘拿著我的大學入學通知書哭的。娘不識字，但卻看得很認真。看著看著淚水就下來了，娘是笑著哭。這一次我沒有勸娘。

如今，在這小城上班幾年了，娘和父親仍住在鄉下。有空的時候我就回家看看，每次還是娘把我送到小路口，包裏揣著娘納的布鞋。工作之餘，經常會想起娘，想起娘的哭。我告訴自己，一定要盡自己最大的能力，讓娘晚年快樂幸福。

娘親，莫哭！

父親是那拉車的牛

因為私事要去省城找一個老家的親戚幫忙，但自己一直在外讀書、工作，很多年沒有和親戚聯繫，於是打電話給鄉下的父親約好時間準備一同前往省城。

那天，我早早的就去了省城，在長途汽車站等老家那邊過來的父親。已經過了約好的時間，可父親遲遲未到，我等的很不耐煩，心裏埋怨父親一定是捨不得坐空調車，要不就是和司機討價還價錯過了班車。打電話回家責怪母親說親戚快下班了，父親誤了我的大事。到了將近十一點，才等到從一輛小中巴車上下來的父親。父親佝僂著腰，頭上纏著紗布，看上去很疲憊，滿臉的愧疚，一個人嘮叨：這車太慢了，一路轉車……我問父親：你的頭怎麼了？原來父親前幾天在家幹農活時頭被附近工地上的磚掉下來砸破了，流了許多血，還在當地醫院縫了八針。我責怪父親：受傷了怎麼不告訴我，傷沒好就應該在家多休息幾天，我們可以把時間往後推嘛。父親卻說：「一點小傷沒關係，怕誤了你的大事。」什麼大事啊！我很內疚。看著身邊的父親，曾經山一般的父親現在卻顯得如此矮小，瘦了很多，頭髮幾乎全白了。或許是受傷了，講話的聲音很軟弱。而這麼多年我卻很少關心父親的身體。

我們去了親戚的辦公室，親戚很客氣的接待了我們。說父親蒼老了許多，說他在老家的時候父親是多麼的健壯。父親很拘束，不知道說什麼好，半天才把事情說清楚，走的時候，親戚要我好好的照顧父親，說父親這麼多年很不容易。慚愧的是我。

辦完事以後，我要帶父親去藥房買點補品，被父親拒絕了。父親說：「一點小傷沒事，別浪費錢，你還要省錢買房子」。送父親上了回家的車，我也乘車回小城。在車上閉目養神的時候，突然聽到那首老歌——《父親》，那是我小時侯，常坐在父親肩頭。父親是兒那登天的梯，父親是那拉車的牛……等我長大後，山裏孩子往外走。想兒時一封家書千里循叮囑，盼兒歸一袋悶煙滿天數星斗。都說養兒能防老，可兒山高水遠他鄉留……淚水突然洶湧而出，一下子想起纏著紗布的父親，不顧自己的身體健康，怕誤了兒的「大事」。想去一直含辛茹苦的父親，想起二十多年來，為了自己讀書一直在外做苦力的父親……

母親的那聲歎息

多少年來，每當我頹廢之時或想放縱自己的時候，耳邊總響起母親那聲歎息。也正是這聲歎息聲在鞭策著我，讓我不甘於現狀，讓我不停地奮鬥，讓我永不放棄！

記得那是一個炎熱的夏天，農村裏正是農忙「雙搶」之時，那天我騎著自行車去學校看中考成績，回來的路上我知道自己差兩分落榜了，知道家裏的希望破滅了，帶著一份失落和悲傷的心情回到家。那是一個中午，母親辛苦了一上午正在竹床上午睡，我以為母親睡著了，輕輕地想溜進去，沒想到母親根本就沒有睡，背對著我問：「回來了，考得怎麼樣？」「差兩分。」我站在那兒輕輕地回答。我聽見母親「哎」地歎了一聲，沒再說什麼。頓時，我不爭氣的淚水卻洶湧而出，我多希望母親能夠起來打我一頓，狠狠地罵我一回。可我知道母親不會，母親從小就不曾那樣對我。整個一個暑假，母親沒有罵我一句，只是默默地幹著農活，但比以前幹得更多。背著父親，母親有時還做頓好吃的給我。

那個暑假結束，我沒有去複讀，也沒有按母親的意思去讀自費的高中，我知道家裏沒有足夠的錢。在九月，我隨著一個親戚去了南方，在一個建築工地上幹著挑磚拉土的活，那段日子，從來沒有感覺到辛苦，只想拼命幹活，然而每個夜晚難眠的時候，耳邊仍響起母親的那聲歎息。

東奔西跑地幹了兩年回家。母親問我：「還想讀書嗎？現在家裏好多了，有錢給你讀書。」我看著母親滿眼的希望，回首兩年多的坎坷和辛酸，的確不甘於一輩子這樣生活。終於，決定讀書。

又是一個九月，我來到蕪湖，晚上在一個師大讀美術本科的老鄉那裏學畫畫，白天仍幹著活，有空的時候背著陌生的高中書本，學了一年後，我參加了美術高考，專業課過了，但文化課成績還差很多很多。我不敢回家，我怕母親的那聲歎息，但我亦沒有放棄，仍在蕪湖，仍在邊打工邊學習。過了不久，收到母親寄來的二千元錢和一封信，信裏說別再打工了，安心讀書，你哥哥在外面打工能掙到錢。看著信，眼前卻出現睡在竹床上母親的背影，耳邊又響起母親的歎息。我聽從了母親的話不再幹活，白天去了一個補習班，在師大畫畫，交足了昂貴的學費，我知道餘下的日子只能吃饅頭和蕪湖免費的麻辣湯度日子。300多個日子，我沒有覺得苦，只是不停地在畫在學，不敢閑著，也不敢像別人那樣逛鏡湖，我怕耳邊……

第二年，我終於如願以償。雖然在志願表上出了一點差錯，沒有進理想中的師大，但窮山溝裏畢竟出了我這個大學生。帶著欣喜回到家，母親笑著看我的錄取通知書，母親不識字，但卻看得認真。那一刻，我看見母親眼裏的淚。

四年的大學一晃而過，帶著母親的歎息我沒有放棄學習。畢業後通過一次招聘考試來到一所市直屬學校上班，雖然每月薪水不是很多，但每次發了工資我都會買些好吃的和穿的送回家給父母，每個週末，一個呆在學校，不敢讓自己閑著。每次煩惱的時候，不敢去放縱自己。因為，我怕耳邊又響起母親那聲歎息……

我的「五一」長假

當同事都在考慮「五一」長假該去哪裡度假的時候，我知道自己肯定是要回鄉下的老家，這個時候正是農村栽秧的季節，而家裏只有年邁的父母在維持生計。每年的「五一」和夏季的「雙搶」我都會回去重新拾起那些農活，十多年了，年年如此。朋友每次都戲稱我又去鄉下體驗生活，村裏的鄉鄰也很納悶，怎麼還有愛幹農活的「城裏人」。其實我清楚，這樣做只是告訴自己永遠是一個面朝黃土背朝天的農民的兒子，另外也不忍心讓年邁的父母幹那些重活。

五月一號回到家的時候，門鎖著。我直接去了田間，遠遠的就看見瘦弱的母親正躬著身子在田裏栽秧，烈日下，若大的一片農田只有母親孤單的身影在一點點的向後挪動，我脫掉皮鞋準備下田栽秧，母親知道阻擋不了我，讓我回家換套舊衣服。當我又站在田裏的時候，把腳深深的埋在肥沃的泥土裏，我聞見了泥土的芬芳和秧草的味道，一切很熟悉。

中午我們回家吃飯只休息了一個小時又去栽秧，站在田裏我就在想，平常這個時候我應該在午睡，夏天有空調，冬天有暖氣。可父母肯定在勞作，他們沒有午睡的習慣。這片農田很大，我們一直忙到晚上七點多天完全黑下來的時候才回家。在城裏五點多就下班了，這個時候我應該在散步或者看場球賽。而父母農忙的季節肯定在勞作，閑的時候應該入睡了，農村沒有夜生活的習慣。

晚上躺在床上，渾身酸痛，連腰都很難伸直，長時間蹲在大腿上的胳膊被撕裂了一層皮，流著血。手腳和往年一樣感染了田裏的細菌，全身皮膚過敏，很癢。我拿起準備好的膏藥塗上，開始睡覺。明天又是新的一天。

過完「五一」長假回到城裏，把手腳上的污垢和黃色的鏽斑精心的收拾乾淨，又人模狗樣的去上班。當我在鍵盤上敲打這些字的時候，我彷彿又聞見了那泥土的芬芳和秧草的味道，眼前似乎又看見瘦弱的母親躬著身子的背影在一點點向後挪動……

和小侄女一起過暑假

小侄女今年四歲，父母在外地打工，一直跟著爺爺奶奶生活。快放暑假的時候就打電話給我，讓我回老家陪她過暑假。

暑假，剛回到家。小侄女就開始搜刮我的行李，雖然我有備而回，但最後小侄女還是發現忘了給她買她最喜歡吃的「美好時光」，只好帶她去鎮上的超市。一路上小侄女蹦蹦跳跳很高興，粘著我講她幼稚園裏的事情，學了什麼舞蹈，唱了什麼歌曲，還會寫字了，我連忙稱讚她了不起。到了超市，她直奔目的區域。轉彎的時候我發現牆上有一個溫馨提示：「小心地滑！」我叫小侄女注意安全，別摔倒了。想起小侄女學了漢字，就喊小侄女過來問她：「這四個是什麼字呀？」小侄女為了顯示她真的學了漢字，努力的辨認：小……心……地……？「最後一個是什麼字？」我問她。「小心地雷！」小侄女點點頭肯定的說。惹得超市購物的人們哄堂大笑。

一天晚上，我們全家在客廳看電視。小侄女忽然對我說：「小叔叔，我會說英語。」爸媽也隨聲附和，還說你小叔叔到初中才學英語，哪能跟你比，都鼓勵小侄女說說。小侄女就「a」、「b」、「c」、「d」……的開始了，還說了1—10的英語單詞。我就拿起筆在紙上寫了一個「A」，問小侄女這個字母怎麼讀？小侄女盯了好長時間，最後說：「尖」（撲克牌中的A）。全家愣了半天，狂笑不止。原來小侄女會說但不會認。經常看到別人打牌才知道是「尖」。

整個暑假，小侄女一直被一個問題困擾著，就是小叔叔是不是老師的問題。她是偶爾一次聽我媽說，你小叔叔也是老師。她根本不相信，對著我左看右看自言自語：小叔叔怎麼會是老師呢？忍不住她就問：「小叔叔，你真是老師啊！」我告訴她：「我是老師，在城裏教書。」「不是，你根本不是老師！」小侄女很生氣。我就納悶了，問她：我怎麼就不是老師，我可是有中華人民共和國教師資格證的啊！小侄女說：「你根本就不像我們幼稚園的老師，她們很漂亮。」廢話！你們幼稚園老師是女的我肯定不像了。人醜就不能當老師啊！什麼邏輯。我讓她仔細想想，你們學校（她們幼稚園在小學裏面）就沒有男老師嗎？「有呀！可他們是老師，你就不是。」小侄女直搖頭。我暈倒。我是男的就不能是老師。「那你叫我跳舞？」小侄女開始考我。天啊！我那哪會跳她們的舞蹈。小侄女就更加否定我是老師的「傳說」了。她還有一個不解的問題，為什麼別人不喊你老師呢？我只好放棄，懶得理她。

和小侄女在一起過暑假很快樂，我經常教她一些簡單的數學、拼音、漢字、英語單詞，她也偶爾和我分享一下她的零食。小侄女有點崇拜我了，似乎有點相信我是老師。不知道下次回家她還會不會被「小叔叔是不是老師」這個問題困擾著。

叫聲母親太沉重

「五一」長假期間，白天在田裏幹活，晚上在讀一本《叫母親太沉重》的書，那是放假前特意在同事那兒借來的書。書的封面上「叫母親太沉重」幾個粗壯的宋體字在沉重的下墜，一部分都墜出了書的封面之外，彷彿母親那寬闊無限的愛，不可不看的書啊！

一直喜歡看有關寫母親的文章，一直喜歡看那些感人之深催人淚下的親情故事，天下的母親都是那麼的偉大，母愛似海、母愛如山，母愛齊天。也曾經寫過《母親的那聲歎息》《娘的淚》《娘親，莫哭》等數十篇寫母親的文章，感激那生我、育我、愛我、疼我的母親。

當我老了，不再是原來的我。請理解我，對我有一點耐心。

當我把菜湯灑到自己的衣服上時，當我忘記怎樣繫鞋帶時，請想一想當初我是如何手把手地教你。

當我一遍又一遍地重複你早已聽膩的話語，請耐心地聽我說，不要打斷我，你小的時候，我不得不重複那個講過千遍的故事，直到你進入夢鄉。

當我需要你幫我洗澡時，請不要責備我。請不要嘲笑我。想一想當初我怎樣耐心地回答你的每一個「為什麼」。

當我由於雙腿疲勞而無法行走時，請伸出你年輕有力的手攙扶我。就象你小時候學習走路時，我扶你那樣。

當我忽然忘記我們談話的主題，請給我一些時間讓我回想。其實對我來說，談論什麼並不重要，只要你能在一旁聽我說，我就很滿足。

當你看著老去的我，請不要悲傷。理解我，支持我，就像你剛開始學習如何生活時我對你那樣。當初我引導你走上人生路，如今請陪伴我走完最後的路。給我你的愛和耐心，我會抱以感激的微笑，這微笑中凝結著我對你無限的愛。

上面這段《當我老了》是這本書的序，用心的看完這篇序，不知不覺中我已經淚流滿面。想起仍在田間勞作的母親，想起每次回家皺紋和白髮又多了的母親，想起整天在牽掛我的母親。想想三十年來，自己一步一步的離開母親，不斷地從一個地方漂泊到另一個地方。離母親越來越遠，見不到母親的時間越來越長，然而母親的牽掛一直伴隨在身邊。母親擔心我在外的一切，電話裏那根割不斷的弦是那深深的母愛。如今，母親老了，我卻無以為報。在小城拿著一份微薄的工資，獨身一人，至今還沒有能力去讓母親安享晚年。我能做的只是給母親打個電話，只是偶爾回家看看，只是有著一份牽掛。

「世界上總有那麼一個人，無論你貧窮還是富裕，無論你成功還是失敗，她都屬於你自己，在你落魄的時候陪伴你，在你成功的時候注視你，在你一無所有的時候，你一回頭，就會發現，她就站在你身後凝望著你，她就是你一切的光榮與驕傲。」是的，這就是我們的母親！也許這個世界上有很多寒冷的地方，但有母親的地方就有溫暖；也許這個世界上有很多黑暗的地方，但有母親的地方便滲透著一縷陽光；也許這個世界還有很多人性的醜陋，但有母親的地方就純潔無暇。也許這個世界上還有許多東西很假，但母愛是最真摯的。

詩人桑恒昌說：「每當我寫到母親，我的筆就跪著行走。如果母親是魚，她就剝下自己的鱗片，給兒女做件衣裳。」讀這本書我也是虔誠的，篇篇都是母親可歌可泣的故事，篇篇感人肺腑，字字催人淚下。字裏行間不斷的閃現——送我去讀書的母親，勞作的母親，蒼老的母親。是感人的母愛讓我流淚，是真摯的親情讓我感動，人世間沒有任何一種無私和奉獻能與母愛相提並論。

看完這本書感動流淚之餘還有一種沉重的感覺，很多年少無知的衝動，很多我們曾經對母親任性的抱怨，很多「子欲孝而親不在」的遺憾，很多字裏行間對親情的呼喚與反思，這些值得我們去思考。生我育我的母親已讓我們感恩不盡，讓我們都懷著一顆感恩的心無私地回報母親，這是我們的福氣！

母親節前夕，衷心地祝願天下所有的母親健康、平安、幸福！

陪父母勞動也是一種幸福

早就決定這個「五一」長假不回農村的老家了，這個時候正是農忙（栽早稻秧苗）之時，我實在怕那份田間勞作的苦，每年勞動回來以後都在想明年再也不幹了。為了讓自己死心踏地不回家，「五一」前就和幾個同事約好長假去西雙版納旅行，並讓同事聯繫好了旅行社。

「五一」前一天，我正在收拾行囊的時候接到母親電話，母親在電話裏問我能不能回家，說你爸身體不好家裏有很多秧苗還沒栽。電話裏母親的聲音很疲憊，我告訴母親那我明天回去吧。一旁的同事瞪了我一眼，等我放下電話他還說你可以給錢讓你家人雇人幹啊！同事一直在城裏長大，無法理解田間的那份辛苦，讓年邁的父母勞動我去旅遊，那樣心理承受的罪比回家栽秧身體承受的罪更痛苦，不如回家勞動。於是去醫務室拿些預防細菌感染的藥，每年一下田手腳都會感染，還是把藥準備好。

「五一」回到家已經是中午十二點了，父母還在田間勞作，只有小侄女在家。小侄女告訴我，母親讓我先吃飯，早點去栽秧。沒有休息，五分鐘以後我就出現在田間，母親很高興，說讓我辛苦了，放假還要回來幹活。看著滿頭白髮的母親，我很內疚，辛苦的其實是父母啊！這麼大年齡還在為我們勞作。整個下午，我和父母一邊聊天一邊栽秧竟然沒有感覺到累，偶爾捉起爬在腿上的螞蝗把它丟得很遠。晚上回到家都已經七點了，一下午口乾舌燥，平時的飯後一杯茶、午後水果都沒了，坐在椅子上不想動，才感覺到坐著也是一種享受啊！睡前拿出準備好的藥塗在手、腿上，田裏的細菌和螞蝗讓手和腿很癢，很快就感染了。得保護好，還有幾天的勞動。躺在床上腰酸背痛，想到飛往西雙版納的同事們在享受著旅行的快樂，我沒有一點羨慕，他們也享受不了和父母一同在田間勞作的幸福。

是的，在城裏拿著一份微薄的工資，我給不了父母什麼，連自己都找不到一個安身的地方更談不上把父母帶到城裏去。我想要孝順父母的也許只有回家陪父母勞動了。假期裏，整天跟在母親後面勞動，栽秧、種棉花、種花生，聽母親講著張家長李家短，聽父親不停地嘮叨，雖然有很多生活的不習慣，但還是覺得這個假期很踏實、很愉快、很幸福。

走的時候，母親還在田間勞動，我特意拐個彎走到母親栽秧的田埂，母親看見我，丟下秧苗，直起身子。陽光下，我看見母親臉上狼藉著豆大的汗珠，滿臉皺紋，汗水早將她的衣衫浸染得水洗一般，花白的頭髮凌亂地貼在前額上，母親要我路上小心，到了給家裏打個電話。我有著想流淚的衝動，母親老了，母親卻還在勞動。上了車，我還看見偌大的田間裏母親躬著瘦弱的身子在向後移動……我忽然很想大喊一聲：媽，明年我還回來陪您勞動！

原來，陪父母勞動也是一種幸福！

又是「雙搶」時

「雙搶」，是南方地區早稻「搶收」、晚稻「搶種」的簡稱，它是農村一年中最繁忙的季節。「雙搶」是指搶時間、搶季節。之所以要用「搶」字，是因為「雙搶」進度的快慢、質量的好壞，直接關係到農民一年的收成。

我不知道「雙搶」這個詞語是什麼時候出現的，但從我記事起，「雙搶」這個詞語就一直在我的腦海裏紮了根，也是我兒時最怕的一段農忙時期。從穿著開襠褲下田割稻子到長大後拔秧苗、插秧、挑稻穀甚至犁田種地，我都一一經歷過。從趕著鴨子上架到成為種田能手，我在上大學前成功的完成這個過程。記得高考結束的那年暑假，我媽在村頭拿著我的美院錄取通知書「炫耀」的時候，隔壁的王大爺直說可惜啊可惜，「唉……，一個這麼好的勞力不種田了。」我想只要是在農村長大的孩子，對「雙搶」都會有著刻骨銘心的記憶。

每年一到「雙搶」的時候，都要沒日沒夜的幹農活。在那個既要收穫又要播種的季節不管是大人小孩、男女老少無不都在忙碌著。好像都是分工好的，父親作田、挑稻穀，母親插秧、打稻穀、我們幾個孩子割稻、幫助母親捆稻把、曬稻穀等等。

一般凌晨四五點就被父親喊起床了，迷迷糊糊的就開始到田裏幹活，母親一般會起得更早，要先把早上的稀飯煮好，然後跟我們一道下田。到太陽升起的時候，七八點種，母親要提前回家，喂好豬食，熱一下鹹菜，洗衣服的時候順便喊我們回家吃早飯。早飯後趁著天氣還涼快是不會休息的，下田幹活，一直勞作到十二點左右回家吃午飯。七八月是最炎熱的時候，中午的太陽很毒，午飯後我們會休息一會兒。但父母還得在曬穀場翻曬稻穀、稻草。到下午二點左右，那是一天氣溫最高的時候，赤腳走在門前都會燙得直跳，白花花的太陽直射在身上，田間裏更是散發出股股熱氣，這時候出門，是要很大的勇氣。在田間，割稻、插秧、做田、挑稻穀，烈日下，揮汗如雨。一直到太陽西下甚至天黑才會結束一天的勞作。拖著疲倦的身子回到家裏，坐著都是一種莫大的享受。記得我經常就一屁股坐到地上，不管手腳的泥巴身上的汗水，吃完飯就睡覺，母親常說我最髒。這樣高強度的勞動往往需要十幾天，每個人都感覺像機器一樣，幹活，幹活！

沒有這種經歷的城裏人難以想像也難以理解，每年暑假結束後同事都不相信我回農村搞「雙搶」了，以為我到海邊避暑曬黑的，直到我拿出隨身攜帶的「證據」——長時間彎腰插秧蹲在腿上的胳膊被撕裂的痕跡、挑稻穀被壓紅腫的肩膀、插秧導致手腳上的黃鏽斑。有的同事說那麼熱的天氣你可以給錢叫幫手，不是農村人不懂，這時節，由於家家都忙「雙搶」，很難請到幫手。當然，大多數農民也不捨得叫幫工的，我的父母就是。母親經常說，農民不幹活幹什麼啊！

記得我讀高中的時候，父親因為生計常年在外搞副業（現在流行叫打工），「雙搶」也不回家，於是很多犁田、挑稻穀等等這些成年男人所做的重活就落到我身上，也是那些年把我培養成一個出色的王大爺所說的好勞力。現在想想那些年確實吃了不少苦。

我們那兒算是山區，經常缺水，尤其是到「雙搶」季節大家都忙著灌溉農田，水很緊張，常常要人工運水。從原始的挑水到水車車水再到後來家裏買了一台柴油機水泵灌水，我都經歷過。尤其是那台柴油機水泵，雖然灌水很快，但它太笨重了。直到前些年因為買了電動泵父親把它賣給收破爛的時候才知道它竟然有兩百斤。而我竟然和母親無數次用竹杠（扁擔承受不了它的重量）抬著它去田間，那窄小的田埂、瘦弱的母親、十七八歲的我，這些讓我現在不敢想像。柴油機水泵操作起來很費事，要先向管子裏灌引水，用鐵絲紮緊，然後去用手搖啟動柴油機。常常因為我的力氣小或者操作不當而失敗，又得從灌引水、紮鐵絲、啟動柴油機重來一遍，每次都要五六分鐘時間。有的時候剛剛弄好，天突然下暴雨了，回望泥濘的田埂，又要把它抬回去。那麼熱的天氣、繁雜的操作、身心的疲憊，我多次哭過、賭氣不幹、向母親發脾氣、甚至欲哭無淚。當然，我的母親也承受了很大的苦。

給我印象最深的一次「雙搶」是那年父親不在家，所有的稻穀都是母親用草繩把它捆綁好，我把它挑到家門口的曬穀場。捆綁好的稻穀挑在肩上中途是不能卸下來休息的，因為長成熟的稻子一碰就掉。一次下午，我和母親捆綁好一畝多田的稻穀，我一擔一擔的往回挑，母親在另一個田裏栽秧。天突然想起雨來，母親在田裏抓緊栽秧，我加快速度挑稻把。（割下來的稻穀不能浸水，稻子容易發芽。拔起的秧苗是要當天把它栽完，否則會影響晚稻的生長）一會兒田埂就被雨水打濕了，很滑。挑著稻把走在田埂上要十分小心，用腳趾努力的抓著地面走路，這樣才不容易摔倒。天快黑的時候，或許是太累了，腰酸背痛，我挑著被水淋濕的稻把艱難的走在泥濘的田埂上，突然腳下一滑，我連忙用雙手扶住扁擔，保持肩膀上的稻把不掉下來，但沒有站穩，一隻腿「啪」地跪在地上，另一隻腿卻還彎曲著，努力的直著腰，挺胸，抓緊肩上的扁擔，保持平衡不讓稻把掉到地上。這一瞬間的動作該是本能的反應，我怕稻子掉到泥巴裏母親會心痛。我想喊不遠處的母親來把我扶起來，但喊不出聲，心想就這樣跪著吧，實在太累太無助。最後還是母親看見了，跑過來用肩膀撐著扁擔讓我站起來，母親哭了，我也哭，但還是趁著天未黑把稻把挑完。那天晚上剛好父親打電話回家，他對家裏的「雙搶」放心不下。我在迷迷糊糊中聽見母親邊哭著邊大聲對著話筒吶喊：「我要你回家，我不要你掙那幾個錢，我不要兒子又跪在田埂上……」母親第一次那麼蠻不講理。直到現在我的腦海還經常出現那個畫面：黃昏，在田間，下著雨，我單腿跪在泥濘的田埂上，艱難地撐著沉重的稻把，渾身被雨淋透了，滿臉雨水汗水淚水混在一起……也許正是這一跪，讓我後來狠狠的讀書，讓我今天能夠站在這三尺講臺上。

工作以後每年暑假我還是要回老家和父母一起參加「雙搶」的，其實我是可以不回去，這些年家裏的田地少了，妹妹也在家幫忙。但我總是沒辦法把我在空調間裏筆記本前敲字的情景和年邁的父母在田間揮汗如雨的鏡頭切換到一起，那樣心理承受的罪比回家栽秧身體承受的罪更痛苦，不如回家勞動。由於長時間沒有做體力活，每次手腳都會被田間的細菌感染。也吃不了那份苦，每次都腰酸背痛，疲憊不堪。但我一直堅持著，或許這是對父母養育之恩的一種回報，畢竟我現在還給不了父母什麼；畢竟我還對鄉下田間有著一份真摯的情感；畢竟我的血液裏還流淌著農民對土地的一份熱忱。

言情篇

飄在子夜的玫瑰

他在政府機關有著一份不錯的工作，一間自己的辦公室，處理完工作，喜歡上網，看新聞，逛論壇，武裝自己的博客，寫寫東西、聊聊天，時下很流行的一句話驗證在他身上最合適不過了——「拿政府的錢，刷自己的網。」喜歡在本城的一個文學論壇帖文章，不僅文筆好，而且幽默風趣，於是，一批網友都喜歡在他的帖子底下灌水來打發時日。她便是其中一個，每天看他的文章成就了她的生活習慣。

漸漸地，聊熟了，他知道她，她也在腦海勾勒了他的樣子。她對他的感覺大部分是來源於他寫過的那些文字，那個有著豐富閱歷，細膩情感，成熟男人味道、豁達大度，但又隨性不羈的他。忽略了他的家庭，和他可愛的寶貝兒子。而他腦海中勾勒的她，該是聰明美麗模樣，朦朧的倩影。他，讀懂了她眼裏的傾慕；她，讀懂了他眼裏的愛戀。儘管他們誰也看不見誰，都是一張無形的網。

她故意幾天都沒上網，也許是一種方式。果然，他感覺到了失落，他耐心等著她的出現。終於，她來了，在她剛上線的那一刻，他神不知鬼不覺給她發了一條資訊「我在你後來！」，其實是一個QQ設置功能。嚇得要死，她。原來她更在意他。

終於，他和她見面。眼前的她，和他想像中的差不多，美麗的。只是言談有些拘謹和靦腆，故意保持著和他的距離，哪怕走路時的速度也稍稍地快一些，離他遠一些。而她眼中的他，和想像的有點不大一樣，有的發福的外表，就會感覺缺少點陽光氣息。但外表在她的眼裏並不重要，或許，這是男人和女子最大的區別，男人要女人的美貌，女人要男人的才氣。在茶樓喝茶，聊些遠距離的話題。他一直想用玩笑式的聊天拉近她，未果。她，刻意的含蓄。走的時候，樓梯轉角處，他終於裝著不經意將她攬入自己懷裏，在她掙扎抬頭的時候，他乘勢吻了她，額上，她本能地推開了他的手臂，沒有生氣，霓虹燈下看不見臉紅，這便是他們第一次的會面。雖沒有什麼發生，然彼此間那種親切和熟悉的感覺卻是顯而易見，彷彿相識很多年，至少那種曖昧有了一個形象的具體。

她喜歡他叫她「丫頭」，第一次聽見他在電話裏叫自己丫頭時，那感覺很新奇也很愜意。畢竟，她是三十歲的女人，三十歲的女人被人叫丫頭，那是很溫暖的。她喜歡在清晨的時候接到他從辦公室打來的電話，而他也喜歡聽電話這端她那慵懶的聲音。她會在每天午休時間給他打電話，問問他午餐吃什麼，聊聊網上的事，有時也會說起各自曾經的故事，每每這時候，他們可以感覺到彼此相互敞開的心扉，一種陽光一樣明亮而溫暖的感覺在兩人心間默默交換和流動著，她知道，電話那端他的臉上，一定洋溢著和她一樣的笑容，這笑不是用眼去看的，而是用心去感覺，這時候的他和她，多希望時間可以靜止啊，哪怕片刻。

他約她再次相見，說去她家裏看看，他知道她現在一個人居住。她知道這次見面意味著什麼，她拒絕，推遲，再推，然，推脫不了情感。

她和他再見的時候，已是落葉飄零的季節。黃昏，有葉飄落，她快樂得像個小女孩，期待、興奮、還有一點點的緊張，閉著眼，等。當他帶著大把大把的鮮花出現在她面前時，她感覺自己有點暈眩，他丟了花，把她緊緊地摟在了懷裏。沏好了茶，放在一旁。房間裏飄著輕柔的音樂，他摟著她的腰，看她，空氣中除了音樂就是沉靜，沉靜得可以清楚聽見彼此心跳的聲音。窗外，一葉窺視。木地板上的鮮花忽的就綻放了，陌生而又熟悉，那麼豔，流動著，迷離，讓人幾乎喘不過氣。

其實她是孤獨的，丟了愛情，換了工作。一個人在城市生活。她是脆弱的，她也需要人來安慰，這麼多年來她企圖說服自己，男人不是生活的全部，沒有男人的她照樣可以生活得很好。可是，在她生病的時候，她還是想有一個能給她端茶送水、問寒問暖的人在身邊；在她孤獨鬱悶的時候，她還是想有一個可以依靠可以傾訴的溫暖的懷抱。不過讓她欣慰的是，她最終克服了自己的軟弱，一直堅守著自己的這塊陣地，這是她的原則。當然，他的出現打亂了她所有的原則，她先是小心翼翼地想玩一玩，憑什麼不玩？到後來她忘了遊戲，投入愛。愛情，有時候真的是無法理喻。

他白天上班，晚上回家。妻子在一所學校上班，班主任，許多時間在學校。而他離她住的地方需要一個小時的車程，這對於在政府機關上班的他來說想見她並不容易。每天，她能做的只是和他通上一兩次電話，而這電話也只能是在他上班的時候打，可上班時間又能說什麼呢？他依然寫他的東西，依然談笑如故，她能理解他。只要看見他在網上，她就會比較的放心，因為這至少這可以感覺到他。

跟他在一起的時間，她總有種夢幻的不真實的感覺，那幸福短暫得讓她來不及感受，每次她都是囫圇吞棗地咽下這幸福，然後再用長久的等待和思念來消化這幸福。她已記不清楚有多少個夜晚，醒來，卻想起他現在正和妻子睡在一起，她的心就會隱隱地作痛。

他當然也是想她的，可是他很清楚自己要的是什麼，他知道他不能給愛一個城堡。這份愛情對他再重要，也重要不過他的事業和家庭。

她默默地愛著他，只要他用愛來回應，她就會感到滿足。可是，滿足的後面就是空虛，這一次肆意的滿足就是下一次之前所有獨守的空虛。愛，帶走了她的心，她就好像一個空心人，孤獨地走在盡可能是他邊緣的地方。愛，帶走了他的身，如迷霧將他重重包圍，而他就在這迷霧中感受溫暖，清晰卻又迷茫。

人如果長期處於一種壓抑狀態，人的情緒會變得很壞，尤其當這種壞情緒沒有適當的出口時，人的精神將頻臨崩潰。愛情中的她越來越失望，越來越為自己感到不值，她疑惑，她彷徨，她痛苦，她掙扎，她曾幾度陷入崩潰的邊緣。可是儘管這樣，她仍然寧願相信愛情，她不能容忍自己對愛情的質疑，因為否定了愛情，就是否定了曾經，就是否定了他和她的一切，這讓她更加難過。愛情是她的所有，她的依託，愛情被刻入心扉，變成了一種習慣。滿心歡喜是因為愛，心碎欲絕也是因為愛，愛是天使，愛是魔鬼。

她依稀能數得出他來的次數，很少，偶爾在單位溜出來，前提是不影響工作，且她休假在家。他是一個工作積極的人，有上進心的人。最後一次是在春節，妻子帶孩子先回老家過年，他單位有事，第二天又必須趕回老家。這是她在多久的崩潰邊緣逐漸清晰的時候，也是她決定在新年裏不再被愛情淪陷的時候。

那是一整夜，她如一朵盛開在子夜的玫瑰，她毫無顧忌的綻放。窗外的雪沙沙地下，讓人聽不見玫瑰綻放的聲響，溫暖的，不，熾熱的氣息迴旋著。她瘋狂的給予和索取，她說最後一夜了，最後一夜，我把自己全部綻放，給你！他也百倍的回應，說她是一朵飄在子夜的玫瑰，說給不了她一個溫暖的花瓶。

她知道生活依舊會繼續著。她的世界依舊會出現一個男人，甚至情願和一個男人終老。他知道他的家庭很幸福，兒子很可愛，他的事業也會蒸蒸日上。所以她情願為這次愛情傾盡全部心血，這樣的愛在她的生命中已不可能再有第二次了。所以他情願放棄這個他很愛很愛的女人，儘管這樣的愛在他的生命裏已不是第二次了。婚姻殿堂裏那麼多沉默都是許多曾經的理想的童話的愛在掩飾著，就像那朵飄在子夜的玫瑰。

暖兒

那年寂寞，一段時間和許多年輕人一樣，沉迷於網路。工作之餘，在網上聊天、逛論壇、寫博客、四處貼些所謂的文章，偶爾文字見之於報端。

文字之餘，喜歡在QQ與人聊天，逢聊得來的Q友便海闊天空的打發夜晚，聊人生、侃世事、偶聊一些風花雪月。

是在那些雜亂的日子裏認識暖兒的，印象很深刻。我的一篇文字在省城晚報作為「百人博客」見報後，當天就有許多人找到我的博客留言，暖兒就是那個時候出現的。給了我一個長長的留言，無非是些恭維的言語。最後留下了QQ號，說願與我探討文字。

我加了暖兒。

暖兒的簽名很獨特——用文字溫暖我和你。或許是自己缺少溫暖，要不就是溫暖這個詞語太親切，便把暖兒放在了自己的好友欄，期待溫暖。

便有了和暖兒聊天的日子，大抵都是在深夜，我寫累文字，暖兒說她看完期刊，我們淡淡的聊天，有一句沒一句的聊些話題。試圖接近的，我。如我問暖兒的工作，猜暖兒的年齡，看暖兒的空間，想知道暖兒的樣子。暖兒始終回避這些，說做普通的工作，一般大的年齡，空間也沒有相片，一些日記也不留一絲痕跡。

但暖兒很懂我，在我博客上給每一篇文章留言，勸我不要沉迷於消極的文字，像姐姐一樣經常開導我。

習慣了那樣的生活，習慣了和暖兒聊天，習慣了把所有的寂寞與孤獨給暖兒。暖兒心甘情願的承受著，有時夜晚暖兒沒時間聊天，說白天上班太累，但仍一樣陪著我，深夜。

越是這樣，越想見暖兒，迫切。

我知道暖兒與我同在一個城市，QQ上顯示地理位置。越發想見暖兒，和暖兒提要求，見面。遭拒絕。生氣，不理睬暖兒。暖兒仍只是淡淡的回覆，說她不與Q友見面的，說溫暖由心而生，或許彼此用文字更溫暖。

那段日子很頹廢，一度時間不上網，泡吧，喝酒，抽煙，亂碼了一篇《今夜，誰與我舉杯》的文字丟在博客，發洩著寂寞。不曾想惹來20萬多次的點擊率，一百多篇留言。眾多的留言中，暖兒的留言醒目：簡單的孤獨，何必如此的沉重？傷感的文字，似撩撥歲月最悠長的傷痛。淒美婉約的意境之餘，生活還需繼續，舉杯後，又如何？

不理暖兒。

繼續淪落，在博客狂貼傷感文字，醉酒。

終一日，春暖花開，暖兒的頭像閃爍：去酒吧，陪你喝酒！

暖兒竟然願意見我，又猜測暖兒的模樣，想著紅酒的夜晚，和暖兒對飲，渴望如海。

我去了一個叫「雨後江南」的酒吧。

霓虹燈下，暖兒很美，陌生的，千萬猜測，釋然。

想問暖兒很多，竟無語。

高腳杯錯落間，暖兒要我答應她以後不要再醉酒，說酒後的溫暖只是片刻，用心累積的溫暖才會久久。我答應暖兒，從此不再醉酒。

那夜，喝了很多酒，和暖兒。

一夜……

記得暖兒說：從此不再見面。

隔日，收到暖兒的留言：我刪了你的QQ。

從此暖兒便消失。

……

今又春暖花開，暖兒，可好？

暖兒的愛情

暖兒的網名其實不叫暖兒，叫一個很美麗的名字——陌上花開，只有狼叫她暖兒，後來問過狼的，為什麼叫她暖兒，狼說讀她的詩歌感覺溫暖，說僅此而已。

狼和暖兒的第一次相識其實很俗的。兩人都是小城某個文學論壇的常客，暖兒喜歡以「陌上花開」的名字在詩歌版塊貼寫愛情詩歌，狼亦一樣，無聊的時候在原創版塊貼些心情散文。

某個深夜，暖兒剛剛在論壇貼了一首寫夜色的詩，就有短消息的聲響，點擊，打開，「你窗外的夜色美嗎？」一個叫狼的文友在論壇上發來的資訊。知道狼的，寫很美的散文，經常在這些版塊閒逛，跟貼。

暖兒就真的站起來拉開窗簾看看外面的夜色，深藍的夜空下點點星光，路燈上的城市霓虹燈閃爍，偶有計程車劃過。便給狼回了一個資訊：「窗外的夜色很美。」

「我在城市的巢裏捲縮，月光將我迷惑，月的銀輝像個幸福的瓷娃，我將在夜色中送給你。」很快就有狼的資訊。

暖兒一下子被嚇壞了，又被這句話陶醉，還真的想要這個瓷娃，便問，「怎麼給我？」

狼給了一個QQ號，命令的語氣：「快加我！」

暖兒鬼使神差使的，慌忙加他，定為好友。

狼果真發過來一個圖片，半響，打開，一個大灰狼沖著暖兒咧著嘴，直叫喚。

暖兒生氣，問：「幸福的瓷娃呢？」「在狼肚子裏，要嗎？」狼分明在調侃。

於是暖兒和狼便開始了屬於他們QQ故事。

狼總是習慣在陌上花開的詩歌下面跟帖，談感受，直呼暖兒的詩如何如何，甚至說暖兒簡直就是當代的唯美女詩人，惹得許多文友驚呼，不是陌生花開的詩嗎？怎麼成了狼的暖兒，說有問題，直擊曖mei。

暖兒為之一笑，依舊往日一樣，看狼的文字，不回貼。

似乎兩個人都習慣了夜生活，12點前，暖兒和狼分別在自己的版塊貼文字，跟貼，閒逛。總是他或她發過來一個淡淡的資訊：「聊聊？」便開始打開QQ聊天。

暖兒一直很溫婉很寧靜，像城市角落的一枚枝上的丁香花，靜靜的，吐著芬芳，依在自己的小屋裏，寫詩。冬夜，暖兒自己都覺得寒冷，便問狼，「還感覺到我的溫暖麼？」可狼說越是冬天越感覺到你的溫暖，要不怎麼是我的暖兒，」你的暖兒？」暖兒沒有拒絕也沒答應。

有一夜，暖兒在起身泡咖啡的時候發現，夜色很美，該是月快圓的時候，月兒邊緣泛著橙色的光暈，像極了一隻波絲貓可愛的微笑，突然就想到瓷娃，突然就想到狼，暖兒有些激動的打開QQ找狼，她想要告訴狼她的城市夜空真的有個瓷娃，暖兒打開QQ，敲字，有些顫抖，想想，刪了。

「看到瓷娃了嗎？」狼問她。

「哪來的瓷娃。」暖兒一個字一個字慢慢的送過去。「今晚都沒有月亮。」暖兒都不知道自己為什麼要這樣說。

「沒有月亮？？？」狼詫異的問。

暖兒索性說沒有。暖兒感覺有點害怕，像一個撒謊的小女孩。

「沒有我要送你的瓷娃？」

「沒有的。」

「沒有月亮？？？」

「……沒……有。」

狼沒說話。暖兒覺得渾身冰涼，暖兒甚至再一次走到窗前，祈禱快用一片雲遮住月亮，不可否認，星空上，瓷娃的笑臉朦朦朧朧的，美麗。

「……陌上花開。」狼很少這樣叫她的，一直說他是她的暖兒。

「幹什麼？」暖兒發現第一次如此生硬地回答狼。

「我要見你！」

暖兒嚇得關了QQ，又關了電源。

暖兒是寫詩的，第二天一整天暖兒都沒有寫一句詩，滿腦子都是狼的那句話。到了晚上，月色依舊恬靜，暖兒還是打開QQ，「看到瓷娃了嗎？」狼直逼過來，透著寒氣。暖兒嚇得拉上窗簾，不說話。「沒有月亮？？？」狼很霸道。

有的，有的，暖兒回答，有手指在顫抖。

「我要見你！」狼有點盛氣凌人。

「見我？什麼時候？」暖兒膽戰心驚的問。

「現在！」

「瘋子！」

「現在怎麼見我？」暖兒又問。

「你家有陽臺吧！走到陽臺，你看到瓷娃，我就可以看見你。」

暖兒才不相信，說現在？你要我。

「是的，走上陽臺，馬上！」狼下線了。

半響，暖兒真的走到陽臺，暖兒換了一件白色的絲綢睡衣，隨意裹了頭髮，端一咖啡杯，一身素白走到陽臺，今夜月光溫柔如水，淡淡地灑在暖兒身上，暖兒依欄看著，良久，咖啡沒了，暖兒忽然眼角流下淚，摔了杯子，回到自己的小屋。

暖兒從此不再打開QQ，暖兒還寫詩的，發在論壇上，只是不看留言。

日子就在暖兒的詩中輪回，當又一輪月兒快滿的時候，暖兒彷彿又看見了瓷娃，暖兒打開塵封的QQ，很長的留言，狼寫的，日期很久了。

暖兒：

你是我永遠的暖兒，像詩一樣溫暖我。

我一直看著你的，就在你的一旁，你像月亮女神一般就在我的前方，那夜月光很美，你著一件白色的睡衣出現在我的面前，如水，如沐浴後的模樣，我想我是不會忘卻的，美麗的暖兒。

我就住在你的對面，窗戶對著你的陽臺，所以我的夜色也是你的夜色，所以我的瓷娃也是你的瓷娃。

我們應該經常見面，一個小區的出口嘛。其實我早就認識你，在文友們為你舉辦詩歌賞析會上，只是那麼多的人，只是你那麼的出眾，只是我沒有勇氣喊聲你，甚至不敢玩笑式的也讓你簽名。

我便一直在論壇上看你的詩，回你的貼，直到那晚給你發資訊，喊你暖兒，因為我不想像別人一樣稱呼你。

那夜星空真的有瓷娃，你沒有發現嗎？我一直想親手把瓷娃送給你，或者把它帶到你的陽臺上，可是，你走出來的時候，我就在窗前看你，沒有一點聲響。

那夜你真的很美……

現在，我搬走了，我想不能再陪你一起看夜色了，再也不會有我送你的瓷娃。然而，我總是懷念著，那曾經和你一起看夜色的夜晚。

今夜，真的沒有月亮。

今夜，真的沒有瓷娃。

暖兒在農曆十六的日子看完狼的留言。

曾經深愛如煙

約定好的，他們每晚相見。12點，指間的煙燃到第四根，她出現。那是一支叫「七匹狼」的香煙，白色的外殼，一樣的煙草味兒，幽幽的在燃燒。三根煙蒂丟在透明的玻璃煙灰缸中，雜亂，淺淡如雲的煙灰散落在附近，一淺寂寞。

他的頭像開始在她的QQ好友欄裏瘋狂地跳動，他說：「暖兒，還沒休息嗎？」他說：「暖兒，今天好嗎？」他說：「上班累麼？暖兒。」她對著電腦緩緩地笑，左手的勺均勻地攪動桌上的那杯咖啡，端起，品嘗，熟悉的味道，那是曾經她的他帶來的味道，還有她說的愛情是嗅出來的哲理。不過，現在沒了，只是純咖啡，苦苦的味道。

初次邂逅，正是她失戀最痛苦的時候，無窮的上網聊天，無窮的寂寞和疼痛，想放縱的念頭潛滋暗長。逛聊天室，遇他，便向他索要愛情，以新歡敷舊傷。他是調侃的，作風流模樣，談愛情，談性，談女人是水的謬論。然，他卻說：「我給不起愛情，若需要，給你溫暖，可以嗎？」

她欣然接受——自是明瞭，大家都明瞭，成人的遊戲，美國都次貸危機了，誰還承諾得了愛情？何況與她，素不相識，一個不曾見面的男人無論如何都是給不了愛情。

這樣很好。

這樣也好。

他叫她暖兒。

她叫他狼。

她每天都記下身邊七零八落的事，細細地對他說了。他仔細地聽著，無論這樣的話題對他來說有多麼地乏味。他有足夠的耐心聽完，然後像父親一樣催促她說：「乖，該睡覺了，我的寶貝。」這樣的語言，有曖昧嗎？否。他喜歡寫些寂寞的文字，武裝他的博客，她便是他第一個讀者，留言，和他在QQ談感受，一臉的崇拜，在網路那邊。

她說她那兒晚上便是他這兒的白天，這叫時差。他不想去算時間，去搞懂那些數字概念，他從小數學就不好。約定一個簡單的辦法，晚上的12點。他下班了，臨睡前，寫完了文字，夜深人靜。那是她的白天，她晚上上班，白天休息，一覺醒來，12點，沖杯咖啡，慵懶地和他聊天。

寂寞是星星之火，可以燎原。就像一個男人說過，不在寂寞中變態，就在寂寞中戀愛。她說溫暖不夠，戀愛吧！這次沒有反對，他。於是便有這樣的愛情，利用網路，天涯海角，兩個人，相互溫存，相互取暖。她說感覺到他的擁抱很溫暖，他說傻啊，隔著太平洋呢！這樣都溫暖，豈不成了太陽。她說願意，甚至焚燒自己都願意。

似乎兩個人從來不問現實，如他不知道她究竟做什麼工作，什麼模樣，她的家事。她也從不提起他的現實，對了，只有一次，她說，你結婚了嗎？如果沒有，我回去嫁給你。他說沒有，你要嫁給我，我就娶你。一個信誓旦旦的虛擬的諾言。

免不了俗的，她要看他，視頻，不管醜俊與否，只要給思念一個形象的媒介。拒絕不了的，再說他也想看她，畢竟那麼長時間溫暖了大洋彼岸的一個女人。瘦瘦的，不長不斷的頭髮，胡亂的紮個圈，裹一厚厚羽絨服，對著他笑，看他，那眼神有內容，雖然很遠。他問她如何評價他，想知道嗎？她說。想。她卻不說，很久，看著……這次她罵他傻瓜，你的QQ圖示不是你的頭像嗎？笨蛋，我只是想看你，這樣聊天更溫暖，知道嗎？我這兒已是零下的溫度。你很美的，你的樣子，我喜歡，他說。愛嗎？她迅速敲過來，眼睛盯著他。沉默……竟然不敢說什麼。她笑，說，以後我們就這樣視頻聊天吧！

愛情似乎容易讓人迷惑，這樣的愛情也是。

一個夜。咖啡和「七匹狼」香煙惆悵的夜晚。似乎很少聊天，彼此看著，喝著咖啡，抽著煙。良久，她說抱抱我，我需要溫暖。他說水是冰流著的淚，溫暖之後也許是悲傷的眼淚，你要嗎？她說不管，他也不再反對。似乎是一場真實的愛戀。他說，何時才能相見？這樣的溫暖很痛苦。她說，沒有想過要回去，但現在似乎身不由己。

這樣持續著，在又一場雪飄過之後，她給他一個令人振奮的消息：她要飛到他的城市。

他開心的像一個情竇初開的男孩，他們開始幻想見面時的情節。人潮擁動的機場，一對男女在陽光下不顧一切地擁抱。

他說：「暖兒，我真的想現在就擁抱你。」

她說：買些零食，要足夠的，不分開。興奮之餘，她纏著他要他的一切：要他的電話號碼，要他的宅電，說手機也會不在服務區的，他都給她，她像個小孩，親吻螢屏。

他怯怯地問，回來還走嗎？她說，天啊！別貪婪，我只有一個星期的時間給你，我已經訂了返程機票。

頓時，心疼如海。可，這些事情，原本他都是知道的。

對於他的冷漠，她驚慌失措，不知道自己錯在哪裡，說，我說錯什麼了嗎？不夠嗎？一個星期？

他彷彿世界末日一般。一遍又一遍地抽著煙，困惑。終究，艱難地為她留言：等你。她給他一個自定義表情，天啊！一個不停吻著的動畫。

當她乘坐的那班飛機出現在他的上空時，俯瞰著這個陌生的城市，她在尋找她的愛。而他在仰望久久之後，關了手機，出門時早已拔了家裏的電話線。

……

香煙，燃燒的時候是灼熱的火焰，熄滅後卻是冰冷的煙灰，只是煙灰真實的躺在透明的煙灰缸，永遠。而刪除聊天的記錄卻是一瞬間。

五月

五月
陽光燦爛
風吹過
落紅遍地
滿園妖嬈的桃花
開始惆悵

一場雨
潤濕了潔白的夢想
如雪的梨花
烙在心上
滋長

槐香起
掉進你的唇
遍數花瓣
淡淡丁香
醉了模樣

五月
雨季

為你撐把雨傘
走進相思的小巷
微笑
在雨水彌漫
意味深長
嗅聞你的發香
被雨水浣過
倦怠了的芳菲
演繹牽掛
緣分的戀歌在雨季
愈燃愈烈
終究逃不出
那個幸福的海洋

五月
帶你去看海
牽著你的手
徜徉五月的海風
漫步鬆軟的沙灘
我們一起
赤腳，追逐海浪
那個海邊的天一定很藍
邀海鷗放歌
看潮落潮漲
那個海邊的空氣充滿幻想

浸著潮水
沐浴沙灘
用浪花編制成玫瑰
拾一個貝殼作嫁妝
裝滿我們的愛戀
在愛的木屋
地老天荒

五月
不想讓別人知道
我開始了幸福
於是不想寫
於是不想說
幸福會在我手心顫抖
寫出來的
說出去的
就會清晰地把幸福張揚
所以
忍了好久
沉默了好久
終於
偷偷地
把幸福製成一枚書簽
藏進我的詩行

你的淚在我心裏

一個平淡無奇的的秋日。我來到這個古老的小城，單位在市郊區一個偏僻的小山溝，滿眼都是飄零的落葉，我的心也如這個季節一樣著了涼。

一個無所事事的日子，一個秋風吹打著孤牆的時刻，我在漫不經心的塗抹著寂寞的色彩，你無意中走進來，走進我的眼，走進一段刻骨銘心的回憶，走進一個快樂而又傷感的故事。我不經意的看了你一眼，那個時候秋風偶爾拂過湖面，一個短暫的纏綿又化著蝶兒怨蝶兒淚。眼光交錯的那一剎那間，我發現你有點嫵媚的眼中竟然含著憂鬱，快樂的眼神深處藏著莫名的傷感，單純的表面卻複雜的模糊了我的雙眼。

我想讀懂你，也許是為了那份天然的默契與心靈的感應，為了焚燒你的全部憂鬱和傷感，為了讓你快樂起來，我用資訊嘗試著走進你，你躲躲藏藏，最終還是落入我埋伏的情感，我說我要帶你在這個寒冬的深夜去看最美的煙花，我要帶你走進一個快樂的殿堂，你說蝶兒美生命短暫，你說煙花最美的不過是那一瞬間的綻放，你說就是化成蝶也心甘。於是，我輕輕的打開你，讀你，你小心翼翼的退縮，釋放。最終任我翻閱，就像我們曾經共同讀過的那本書。

或許是因為曾經受傷的心靈或感情的疲倦，我始終用一種不現實的夢幻般的眼光看你，回避著世俗和流言蜚語，我用感性的情感欺騙自己理性的那堵牆，最終我控制不了自己的情感，我開始設計溫柔的情網，然後假裝不知道坦然跳下。我塗抹了一幅畫，畫面中的魚兒在流著淚，一滴一滴的滴進我的心裏，給它取了一個傷感的名字——你的淚在我心裏，誰知魚兒是沒有眼淚的。我為你寫了一首詩，「月兒圓了又缺了，缺圓之間嫦娥有沒有點哀怨？月兒起了月兒落了，起落輪回這個世上還有沒有眼淚？扯一片黑夜，掛一輪小月，淺也看滿也看，人間哪有悲歡。種幾顆星兒伴月，離也罷合也罷，孤獨守望。看月兒，想月兒，戀月兒，月兒恨月」不知道嫦娥有沒有點哀怨，但我知道這個世上肯定還有眼淚。

一個冬日的週末，我們一起去喝茶，不約而同的選擇了一個叫「雨後江南」的地方，我們臨街而坐，冬日的陽光暖暖的親吻著那扇窗，我們要了人參烏龍茶，我們喝著幹紅，我們聊著陽光，你說我是你的太陽。走的時候，我擁抱了你，你躲閃不及深深的埋進我的懷裏……

這個冬季真好，這個冬季有你，這個冬季快樂在蕩漾著。這個冬季湖裏的鴛鴦雙雙對對恩恩愛愛，風在樹林裏吹響了浪漫的曲調，就連小山也害羞起來，晨霧溫柔的擁抱著大地，我依窗擁著你，親吻著，內心澎湃。我看著你神采飛揚起來，那麼楚楚動人，那麼娥娜多姿。每天上班我們踏歌而來，我們依戀而去。你說看到我你就快樂起來，你說這個冬季有我不冷。我們聊著說不完的話題，我們找個機會就緊緊的擁抱在一起，我們在「雨後江南」聽著輕柔的音樂喝茶，我們擁有著彼此。

忘了窗外，忘了冬季，忘了自己，忘了我們不可能在一起。

我們都活在世俗裏面，我們都是凡夫俗子，我的要求越來越多，你也放棄不了你的世界。我們開始爭吵，我們用煩惱和痛苦取代了開始的快樂。我們都不肯妥協，我們感覺冬季真的來了，雖然沒有下著雪。多少個不眠之夜，我躺在床上問自己怎麼就控制不了自己的情感如此愛上你，問自己後面的春天還有沒有你，問自己是否真的要求太多。一個凌晨的二點你打來電話告訴我，失眠的還有你。

在我生命中有如此美麗的愛情，卻也有如此悲傷的離別。彷彿這個冬日屋簷下那晶瑩透亮的冰棱，享受著陽光，光芒四射，卻終於沉重的墜落，在地上砸得支離破碎最終悄無影蹤，冬日原來如此的蕭條、落寞。思戀和傷感交替長出憂鬱的長髮，卻化不了蝶，我曾用心為你灑落的情感彙集成河，可滿河的愛戀卻追不上你離去的足跡。

那些短暫卻又美麗的回憶守侯著這些飄不落的日子，在我的腦海裏縈繞，在我的生命中輪回，在我夢裏閃現。我曾與自己的心靈相約，在冬日的殘荷旁拍下你的倩影寫下那首《殘荷若夢》，「秋一轉身，荷便枯了，若陳年的舊照片，沒有著落的傷感。我，一個人，踏著殘陽如雪，與這片荷塘相約。殘荷若老嫗，殘杆如拐，一起守望，又一冬。」在孤寂的深夜把我們的故事寫成一篇並不完美的散文，用我的全部情感，用我自己的語言。在零亂的畫室用冰冷而又淒美的色調繪畫一個讀不懂的你，憂鬱的哀怨，多愁的傷感，恨著月兒圓恨著月兒缺。讓這些告訴你：曾經有個我，曾經有一份控制不了情感，曾經有一段快樂而又傷感的愛情，曾經我們要創造一個神話。

順便讓春天的風兒告訴你，你的淚在我心裏。

愛在月光下完美

月夜，月兒淺淺的掛在樹梢，朦朦朧朧的像流著淚的你的臉．彎彎的月牙是你微笑的雙眼卻一閃又不見。躲進層雲後面的月兒，消失了，不見了，卻彷彿又在誰的眼前。你哭了，你笑了，你走了，是什麼模糊了我的眼？百年孤寂，那月不變，是誰許下的諾言又在耳邊？沒有星星吵鬧的夜晚，我又站在窗前看月，山溝很寂靜，靜謐的只有我和空中寂寞的一彎淺月。我的旁邊是我的影子，沒有你在的夜晚是它一直在陪伴著我，它看我，我看月，月在想你……

夜沉默著，沉默重複著沉默。這個淡紫色的夜牽著幾許眷念攪動我愁苦的思緒。窗外，偶爾啁啾聲淺淺劃過月夜。我在窗前想你，想著披一件純白如你的風衣款款而來的你，風一樣的從我身邊飄過，風衣的裙擺向我揮揮手，鑽進我毫無設防的心中深處滋生蔓延；想著憂鬱的你，淡淡的哀怨藏在心間，就像這個充滿思緒的月夜，是誰亂撥上帝的情弦，惹得夜空流著淚；想著緊緊擁在懷中不勝嬌羞的你，陶醉的沉迷，你在我的耳邊輕輕的說我們要在一起，有誰聽見承諾在哭泣。

還記得那個秋季的憂鬱嗎？我看著你微笑的臉，用信息勸慰你：不要憂鬱，好嗎？請你走到窗前看著那個刺眼的陽光，笑笑，憂鬱就會不見。你驚喜的告訴我：那麼刺眼的陽光是拒絕不了微笑的，陽光已經打開了一扇門滲透在我的心中。卻又責問我：是誰讓你讀懂了月？我給你寫了一首詩：「月兒圓了又缺了，缺圓之間嫦娥有沒有哀怨。月兒起了又落了，起落輪回這個世上還有沒有眼淚……」依舊是你的責問：是誰讓我恨起了月？

我走近了你。那個冬季真好，沒有憂鬱的你真美！我們深深依偎在一起伴著月夜，你說，要做我五月的新娘……我們常常一起爬上山坡看日起日落，我說我會像這片陽光一樣陪著你，永遠！在二個人的世界裏守候著一個個飄不落的日子，讓幸福的時光在指尖上流淌……

曾以為我可以走進你的心裏，曾以為我可以一直是你窗前那片陽光，曾以為我們可以一起慢慢變老，曾以為故事的開始不是結束。然而那麼完美的愛情不屬於我們，你說我們是錯世的情人，只怪那撥亂的情弦，我們的愛只能在月光下完美。

那夜，你看著我不語，流著別離的淚。我淺啜著溢出杯沿純淨得近乎蒼白的感傷，你用痛苦和迷茫的眼淚告訴我，要離開。我看著你流淚的臉，用悲傷掩蓋無語的沉重。其實我本就帶著一顆傷痛的心而來，只怨那鑽進心中滋生蔓延的裙擺，如果心空就讓它空好了，你卻又一點點將它填滿，種植著無數的歡樂與惆悵，最終還是你將它掏空，心，好痛……

今夜，讓思緒構成一幅美麗的憂鬱，讓傷感譜寫一首醉人的沉迷，讓月夜吟誦一段淒美的愛情。如此而矣。

這是怎樣的錯世情緣？是誰安排了這場沒有結局的痛楚？又是誰給了我一世的思念和孤寂？

問月夜，月夜無語。心黯黯……

用愛取暖

深秋的一場雨讓這個天氣有了更加寒冷的理由，孤寂如我，亦如雨中被浸淫的霓虹燈般冷漠。喜歡用酒取暖，酒精在心裏的焚燒不知是溫暖的麻木還是麻木的溫暖，摩托車被雨淋得瑟瑟發抖，我在頭盔的掩護下沒有一點聲響，穿插在川流不息的車輛中，彷彿幽靈似的脫俗，又如家鄉亂闖菜園的耕牛。

在萬花超市閒逛，用59分鐘買了一盒高露潔牙膏，美白的。半響，出門，看見我的摩托車被雨淋得像個出浴的姑娘，坐上去，打火，看見有三個穿制服模樣的人走過來：「你車子怎麼不鎖？丟了怎麼辦？我們一直給你看到現在，下次要鎖車子，知道嗎？」溫暖！溫暖！寒冷的雨中一下子覺得溫暖，三個陌生人在給我看車子，在雨中呆了一個多小時，太讓我感動，或許這個季節缺少感動，我竟然有要流淚的感覺，我看見他們的肩膀上有「聯防」的字樣，我說謝謝，謝謝！你們讓我在這個寒冷的雨天感覺溫暖。

想起一次飯局上，我問領導：婚姻多年，為什麼家庭還那麼幸福？愛如從前麼？領導說了兩個字——溫暖。然後，領導給我們說了一個他自己的故事：一年冬天，妻子生病住院，妻子的同學都來醫院看望，領導看見妻子的同學都穿著長風衣，那些年流行圍長長的圍巾，很華麗，羊毛的面料感覺特溫暖，再看妻子穿著單薄，病後更顯憔悴，領導說當是他就在心裏發誓，出院以後一定要給妻子去買一件最美麗的風衣，雖然那個時候他們並不富裕。幾天後，領導花了一千多塊錢在商場給妻子買了一件米色風衣，當時他們的月工資加起來不過三四百元。一個月後領導出差去上海，找遍了商場，給妻子買了一件深紅色的長圍巾，回來親自圍在妻子的脖子上。妻子很激動，說了三個字，不是「我愛你」，是「好溫暖」。就像多年的婚姻，溫暖如愛。

國慶期間，有幸參加領導的同學聚會。在賓館房間裏，領導打開皮箱拿相機的時候，我看見裏面有一件沒有拆封的「佐丹奴」襯衫，長袖的。當是想想好笑，那個天氣很熱，是根本不需要穿長袖襯衫，領導也太細心了。後來才知道那是他妻子特意為他參加同學聚會買的名牌襯衫，一是估計那個天氣可以穿長袖了，二是讓自己丈夫穿得體面。領導戲說那是「溫暖牌」的。是的，多年的婚姻了，或許沒有了戀愛時的激情高昂，沒有風花雪月的浪漫，但溫暖依舊，越久越濃。

愛得迷茫的時候，我無所適從不知所措，甚至覺得愛毫無意義。沒有當初的轟轟烈烈，沒有高酒杯裏紫紅的情調，愛還存在麼？愛又是什麼？追求的沒了方向。需要一場戀愛而又尋不著愛的蹤影，為愛找不了一個藉口，就像這個毫無理由的雨季，愛在雨中沒落，寒冷滋生。

暖兒說得好，用愛取暖。要真實的、自在的、自然的愛，就像擁抱一樣純潔的溫暖。

冬季近了，是我需要溫暖還是愛需要溫暖？亦或溫暖如愛？是的，愛得如煙花般燦爛，但終究要歸於溫暖！

因為一個人，愛上一座城

那座城是一個古老的小城，確切的說是我故鄉的一個代名詞，十八歲那年曾試圖尋找一個關於青春的夢想魯莽地進入城中央，並肩走過一個叫吳越街的小巷，青石鋪陳的路面，古老的瓦房，幽幽紫丁香。之後便是遺忘，遺忘。曾經的記憶，年少無知的情感，調和成一幅深度的「印象」，於是陌生的遙遠猶如異國他鄉，從沒意識到有一天會追隨那座城，還有一場青春猶在的嚮往，曾想不離不棄，如今，只是關於一座城市的記憶，畢竟，我做不了那座城的子民。

似乎習慣漂泊，選擇漂泊是我那些年的一個生活方式，無所適從的時候與其苦苦掙扎不如遠離他鄉。離開一直是解脫的良藥，比如愛情、婚姻、生活等等。有可能什麼都不是，亦如一個流浪漢、一個漂泊者、一個執著的追求者，我就在那個秋天且陽光明媚踏上那座城，裹著一堆行李再次魯莽的進入，這次是在那座城的邊緣，一個有著詩意的山溝，離城很近，離夢想很遠。

喜歡抽煙，無意中在小城尋找到一個叫「白色七匹狼」的香煙，白色的外衣，點點橘黃的痕跡，無關純潔，很便宜的那種，於是便愛上它，就像暖兒曾經戲我整天掉到狼窩一樣，營造好長一段淡藍色嫋嫋升騰的迷離夢境，與煙為伍，與寂寞作伴，喜歡夜晚，寫字，抽煙。偶爾，泡吧。

不知不覺戀上那座城，還有那憂鬱的眼神，第一次將自己毫不設防地自由放逐，隨著一縷白蘭花的清香滑進了那個有著故事的小巷。每天踏著晨的第一縷陽光去山溝，趁著日暮回小巷，破舊的班車載著許多許多時間周而復始，關於理想、關於奮鬥、關於柴米油鹽在時光中流失。

正是十月的深秋，在菜市場拐角的一所房屋旁邊，黃昏讓我沒有看清她的臉，只是一個憐人的身影，黑色風衣的裙擺忽上忽下，憂鬱的表情，戴著耳麥，憂傷的舞曲在小巷深處中忽暗忽明，陶醉的模樣。這樣的小巷，我仍舊燃著一支「白色七匹狼」，一圈又一圈淡藍色的煙霧從口中不停地吐出，很有些表演的自我欣賞。夜幕覆蓋下來，沒有星星的晚上，回去也是一個人晚餐，不如在這裏消受兩個人的寂寞？完全忘記了是誰先打破了對方的沉默，小巷留下二個人的身影悠長，在「江南雨巷」喝酒，調侃，笑談。

日子一天天流逝著，完全不理會可有人快樂有人悲傷？帶著她尋找那個叫吳越街的小巷，早沒了模樣，今日的繁華鬧市哪還有紫丁香？秋天是收穫的季節，青春的顛覆像夏日的暖陽。當第一場雪覆蓋了前方的風景，白茫茫一片找不到原來的方向，她一陣驚悸，緩緩抬頭，又依然從容，沒有覺察到她心底的惶恐。開始蓄滿了笑意，冬季就是彼此溫暖的海洋。

然而冬天好像沒有了盡頭，一場又一場的雪飄來又飄去，50年不遇的大雪，百年難遇的雪災，不知道第幾場大雪堆滿我們小屋通向街角的小路時，驚悸再次光臨且感覺更甚，終於她說要離開，說在這麼完美的雪景中離開這座城市那是詩意般的境界，其實明白這樣的相遇就像這場雪原本就不應該，莫名的憂傷，這座城暫時的子民在憂傷，無關於城市。

春天很短，倏忽而過，夏天姍姍來遲，沒有往日的陽光，不知道她是否忘記了那個冬季。常徘徊在曾經偶遇的地方，捕捉小城的大街小巷，翻閱那裏的昔日今晨，慢慢成為了一種習慣。開始明白，一座城市對於一個人並不重要，重要的是在這座城市裏是否有一個你覺得重要而不可缺少的人。於是，決定離開，似乎我原本就沒有停留下來的願望，不曾為了一個人。

註定做不了那座城的子民，我和她。

「北海道」的愛情

喜歡唯美的畫面，電影《非誠勿擾》裏北海道秋天的風景就太美了，那麼美的地方不弄一場風花雪月那是很可惜的，所以舒淇說，她和那個男人的愛情是從北海道開始的。我想如果能在那裏住上一段時間，都是一件很愜意的事情，何況一場愛情。也許是唯美，所以我想很多人都忘了去譴責舒淇（舒淇飾演）「小三」的角色。

其實愛情就是愛情，就愛情本身而言，愛情沒有貴賤之分，無論是婚內還是婚外。如果一個女人，她的心裏裝著某個男人，她的眼裏就不會有其他男人，這就是愛情所謂的排他性。舒淇很努力地想要忘記那個人，說她和那個男人的愛情是從北海道開始也要在那裏結束，所以才與葛優（葛優飾演）結伴去了北海道。真正的愛情就是這樣，只有忘記心中的愛情才能接受一段新的感情。

然，舒淇故地重遊，反而勾起了她的回憶。電影裏，她的突然走神，突然在回憶中的迷失，聽不見身邊人的說話，以及憂鬱的眼神，都很難讓人不生惻隱之心。人就是這樣，如果太現實，就難免俗；若太理想，又難免傻。人就是這樣在現實和理想、執著和放棄之間取捨的。舒淇很傻的，葛優也是。舒淇要忘掉心中的男人來愛葛優，葛優愛上一個心裏仍放不下另一個男人的女人，這都是愛情的那點癡和傻惹的禍。這時候不說愛情的本身，真誠是最能打動人心的東西。

我們的生活無論幸福還是痛苦，情感無論簡單還是複雜，其實只有自己清楚。終於她還是說服不了自己，給葛優留了一張字條，一個人在深夜往崖邊的大海邊走去，跳下山崖，那一刻很淒美，為了愛情，同樣很真誠。這種真誠還表現在舒淇死過一次之後，終於有了足夠的勇氣和信心撥通曾經深愛男人的電話，並以一種平靜且又平淡的口吻說：「謝謝你曾經愛過我！」然後將手機擲入大海之中。

人在生活中，在感情的挫敗中，要學得勇敢和堅強起來，因為人只要活著，就必須面對現實，逃避和灌醉自己不是解決問題的辦法。所以影片中至始至終都灌輸著真誠的理念。現實生活中也是，無論是為人處事還是愛情友情，唯有真誠才能觸動人心，觸動人心的地方才是美好的。

所以「北海道」的愛情很美。

言它篇

走過那片荒涼

週末，陽光明媚，有風。

許是忙碌，便想給心靈做一次短暫的旅行，邀朋友，去尋那曾經在心中佔據許久的滄桑地，那恍如時光遺棄處見證百年孤寂的小巷。多少年來，那江中的一片軟水柔沙，那個綠洲中荒涼的一片廢墟，那條雜草掩道、斷壁殘垣、滿目蕭條的老街，若一張泛黃的陳舊照片一直烙在我的記憶深處。

春江水暖，綠影婆娑。剛下車，就迫不及待的拉著朋友疾走，穿過遮擋的房屋，向江邊張望。惹朋友埋怨，投江似的。走過鐵銹斑剝的浮橋，跨上歷史的渡船，五角錢，就可以去横渡百年的時光。遠處，又見綠洲依在眼前，放心似的松了口氣。

上岸，踏著細水柔沙，朋友說踩著沙子很舒坦。其實，她的一小步丈量了歷史很多年，朋友第一次被我拽來，當是不知道這柔沙堆砌的百年繁榮與滄桑，更是著急我心中的那片荒涼。

眼前一條寬敞的嶄新的水泥路突然讓我措手不及，天啊！那青石條鋪成的小路沒了，遭遇現代化覆蓋的歷史足跡被埋葬，忽然擔心，那滿載著繁華和承受著孤寂的青石條是否還能在堅固的現代文明裏安然入睡？踏著水泥路面竟沒了細水柔沙的舒坦，心中的那片荒蕪越演越烈。

我竟然懷疑能否找到那片荒涼，沿著水泥路面，過了石橋，曾經的三街十巷彷彿一下子消失的無影無蹤，折回，問一農家女子，開始走的沒錯。朋友嬉笑，就這樣還尋夢呢？於是拒絕農家女子的帶路，憑著三年前印象，沿水泥路面在前方突然拐下，沒錯，幾步就跨過百年，記憶深處的荒涼出現在眼前，只是更荒蕪，時光將記憶和今天重組，再次遭遇荒涼。

百年前的「小上海」，就這麼靜靜地躺在廢墟裏，雜草肆無忌憚地覆蓋著她昔日繁華的街道，兩側殘垣斷壁，尚存的房屋搖搖欲墜，雨漬斑剝的舊牆下碎石殘瓦，曾經繡樓朱漆的窗臺一根朽木橫掛，斑駁的磚縫裏有草叢生，朱門上鏽跡斑斑的鐵鎖鎖著幾個世紀卻阻擋不了倒塌的牆壁，千年的徽派建築不過一幅蕭條的景象。

我們就這樣站在老街的一旁，站在這蒼涼的廢墟間，手握一幅清明上河圖的畫面，隔著千年，讓歷史和今天重疊，多少故事浮現，當年南來北往的客商一傾資財在這裏建構的溫柔富貴鄉在我們的眼前活躍：洲上大輪碼頭通江達海，帆船雲集，百舸爭流，長街上漁具鋪、南貨莊、錢莊、布行、澡堂、茶館、青樓……清一色的木板鋪門、青石條門檻。街上人來人往，嘈雜喧囂，一幅繁華熱鬧景象。我們看見腰纏萬貫、摟著青樓女子的鹽商雄氣霸天，挑貨郎搖著撥浪鼓沿街叫賣，店小二肩搭毛巾在吆喝。閣樓臨窗，誰家女子翠眉入鬢雲鬢半整，輕啟朱唇，反彈琵琶，嬌柔婉轉的琴聲傾瀉而來。朋友說她彷彿還看見幽幽小巷深處一江南女子撐把雨傘左腳千年右腳百載款款而來……

我們又站在這片廢墟中，沿著歷盡滄桑日趨沒落的老街一趟又一趟的來回走著。陽光下，一條廢墟的老街上只有我們兩個人，百年的廢墟和我們似乎極不和諧，然，我們還是走進了百年前的繁華，走過了百年後的荒蕪，走進了一張陳舊的黑白照片，又將照片塵封。

日暮，我們離開。在即將踏上水泥路的拐角處突然發現一條倦縮在屋後的狗，朋友嚇一跳，我似乎聽見狗叫聲，但是沒有，它只是看了我們一眼又垂下眼簾，朋友說那是守望者的眼神，很孤獨，但是存在。

回走的路上，遠遠的就聽見江邊輪渡船上的師傅在喊，「快點，回去了！」是的，我們回城了。朋友拉著我一路小跑，踏著幾許年輪，從百年的滄桑中走出。仍是五角錢把我們帶回百年的今天，轉身望去，這片綠洲離我漸遠，藏著那片荒涼，那條廢墟的老街仍舊孤獨的在見證時光的重量。

天下奇觀海寧潮

「八月十八潮，壯觀天下無。」

我們一行四十餘人便是選擇在農曆八月十八的日子去千年古城鹽官看「天下奇觀海寧潮」。當然，看潮的壯觀場面以及人潮、車流潮是我們每一個都沒有想到的，35萬觀潮客，1.4萬車輛湧進一個小鎮只為看潮，那聲勢之浩大一點也不比大潮的磅礡氣勢、壯觀景象遜色啊！

未下高速，我們就見識了車流潮。車水馬龍，足足有四五公里，排著長長的車隊，私家車、旅遊客車彷彿車展似的在高速公路上慢慢挪動。等不及的我們匆匆下車步行，頂著烈日，在車流中徒步邁向心目中的觀潮勝地。大約行進了二三公里，遠遠的就看見人山人海都朝著觀潮公園擁擠，遠處，觀潮塔上、涼棚裏、附近的房屋頂上都擠滿了觀潮的人們，我們算是來遲了，聽說早上八九點就有人守在那裏等著觀潮。

海寧鹽官是舉世聞名的觀潮勝地和歷史文化名城。自古以來，天下奇觀海寧潮就以其獨特的壯美雄姿著稱於世，孫中山、毛澤東等歷史偉人都曾來此觀潮。「千里波濤滾滾來，雪花飛向釣魚臺。人山紛贊陣容闊，鐵馬從容殺敵回。」這首《觀潮》七絕就是毛主席在觀潮後有感而發留下的壯麗詩篇。現在，當地政府興建了觀潮勝地公園，結合海甯傳統的八月十八（農曆）的觀潮習俗，在每年農曆的八月十八前後舉辦中國國際錢江（海寧）觀潮節，節慶期間八方遊客雲集，爭相目睹這一天下奇觀。

儘管我們是第一次前來觀潮，且買完票就被人潮沖散，但我們還是順著人潮湧動的方向很快就擠到江堤上。江堤上站滿了觀潮者，萬頭攢動，黑壓壓一片，幾乎不能穿行。人聲鼎沸，人山人海，未見海潮，倒先見了人潮。江堤下是一片大約有七八米寬的草坪，也早已經站滿了人，男的，女的，老的，少的，有的握著傘，有的背著包，有的拿著照相機望遠鏡，還有的拖家帶口，放眼望去，一片五彩繽紛的人潮啊！有的可能來得太早，疲倦了，躺在草地上小憩，有的四五人圍成一堆玩撲克，還有的三三兩兩在聊天，看見一旁二個外國遊客坐在地上優哉遊哉地看報紙，似乎胸有成竹的在等著大潮的到來。當然，也有性急的人們圍在江岸邊的護欄上焦急地朝著入海口方向張望，想要快些一睹這一年一次的大潮。錢塘江就在眼前，寬不過二三千米，可能光線不是很好，遠近海天一色，灰濛濛的一片。江水的平靜與岸上熱鬧非凡的人群形成了鮮明的對比，一幅獨特的看潮圖景象。我在人群的縫隙中四處尋找觀潮的空間，無奈，靠近江岸邊的護欄早被先到的觀潮客們牢牢的「佔領」，只好在草地上席地而坐，享受陽光浴和身邊的「視覺盛宴」。不一會兒，就聽見不遠處一個聲音在喊：「潮來啦！潮來啦！」我立即起身，拿起相機，對著入海口，用身體靠近護欄，尋找夾縫，準備享受這場「天下奇觀」。哪來的潮啊？江水依舊平靜，不知道是哪位看花眼了還是有人耐不住寂寞的等待在戲弄大家，不一會兒，就重複著「狼來了」的故事，我親眼看見身旁的一個年輕男子，坐在草地上，拿張報紙遮擋陽光，不時喊著「潮來了，潮來了」，自己瞇著眼，紋絲不動。仍有上當者，起身，擁擠，端起相機，拿望遠鏡，然後又在善意的玩笑中四處張望。等待確實是一個艱難的過程，然而大家又是在享受這種等待的幸福，人們來自五湖四海，還有許多國外的遊客，都是為了目睹「天下奇觀海寧潮」。

報紙上預測潮水到達鹽官的時間是中午12點50左右。大概12點半，就明顯感覺到江風大了，夾雜著海風的氣息，似乎能聽見遠處轟隆隆的潮聲。「看，潮來了！」不知是誰喊了一聲，剎那間人群一陣騷動，人們爭先恐後地朝江岸邊的護欄湧去，伸長脖子，踮起腳，向海水入口方向眺望。我居然搶了一個好位置。面前的一位女士比較矮，旁邊的男士又比較瘦弱，我在他們後面，從兩人中間擠得一點縫隙，側過身，端起相機，做好了準備。在15倍變焦的鏡頭裏，我看見在海天一色的盡頭，開始隱隱約約出現一條白線，不是很清楚。漸漸地，白線越來越寬，像一條白練橫臥在江面，慢慢地開始翻滾、飛舞，在流動的過程中漸漸變粗，越來越近。鏡頭裏，灰暗的江面上，潮水又像一條白色的蛟龍在撲騰翻滾，足夠的長，彎繞著，這邊撲打著江岸，越來越兇猛，另一頭向外延綿，直到對岸蕭山。轟隆隆的潮聲愈來愈近，如奔騰的千軍萬馬，若春日連綿的驚雷。我慌忙地按動快門，拍著橫貫江面的潮水姿態。近了，近了，眼前這一片平靜的江水，在大潮面前慌亂起來，不一會兒便被洶湧的潮水包圍、覆蓋，似沸油入水，翻騰出無數的飛花碎玉，跟隨著大潮迎面撲來。最終，在巨大的咆哮聲中，在人們的眼前和緊張的心跳中，這條白色的蛟龍沖出我們的視線，呼嘯而去，身後泛起長長的白浪，轟隆聲隨之遠去。曾經波濤洶湧的江面，漸漸地回歸平靜。人們似乎意猶未盡，回味綿綿，那曾經激情萬狀的潮水就這樣消失了？

回去的路上，聽見有人說潮水好像沒有那麼高啊！也有失望的，說大潮不過如此，但誰都不否認那等待潮水來臨的時刻是那麼美，那曾經激情萬丈的江岸上千萬看潮客用期盼和憧憬編織了高大的海市蜃樓，那曾經激情澎湃勇往直前的潮水薰陶著每一個人的靈魂。

儘管大潮遠沒有媒體上預測的2.6米高，更不是「世紀之潮」了，然，國慶長假，恰逢建國60周年，35萬觀潮客，1.4萬車輛浩浩蕩蕩的來觀潮，所形成江潮、人潮、車潮三潮合一的壯觀景象足以說明這是一個「盛世之潮」。

城市邊緣的世外桃源

從東站左邊穿過一條鐵路下的涵洞，再行駛二三公里便抵達了農林村。幾分鐘時間，彷彿就感受到了二個世界，一個熱鬧的繁華都市，一個恬靜的田園風光，又似二幅畫卷被一條橫貫而過的鐵路隔開，一幅現代化的城市景象圖，一幅淵明先生筆下的「世外桃源」，我們市作家采風團成員一行十餘人就在一個秋日越過繁華來到這個如畫的村莊。

農林村隸屬獅子山區西湖鎮，毗鄰車站新區，有4000餘畝山場、80餘畝水面，400戶人家，全村以種植苗木花卉、茶葉和經果林為主，屬丘陵地形，眾山環繞，綠樹成蔭，村莊散落在山腳下，隱於樹林果木之中，具有獨特的山水田園風光，素有銅陵的「花果山」、「桃花源」之美譽。

剛下車，我們就迫不及待地沿著山坡蜿蜒的水泥路往山裏走，眼前就是滿眼的綠，漫山遍野的綠樹，莽莽竹海，山腳下品種繁多的果樹成林，還有山谷無數的綠色植被，整個一片綠色的海洋，觸手可及。看慣了鋼筋水泥的風景，習慣了城市的喧囂，突然置身於這個安閒而寧靜的村落，在這個深秋享受這般濃濃綠意，讓我們每一個人都措手不及，感歎不虛此行。小路兩邊茂盛的果樹枝伸出莊園，就在我們的頭頂上，若不是過了季節，我想我們隨手就可以採摘一些果實，橘子、石榴、板栗、枇杷、棗子等等，盡可隨意品嘗。還有很多叫不上名字的果樹，樹齡很長，我看見一棵二個人都合不攏的果樹，高高的長在一旁。彷彿歷盡滄桑，如今卻悠閒自得的見證歲月流淌。繞過一個小山，我驚奇的發現了大片美國紅楓，遍野紅葉，在綠樹叢中那麼耀眼，曾經來過的一位作家告訴我們，這是農林村前年引進的北京君德信科技發展有限公司的彩化苗木基地，從事彩化苗木新品種的引種研發、擴繁栽培、推廣銷售。這還只是一期400畝，以後將會達到2000畝基地。有人感歎，這個偏僻的山裏竟然種植著如此嬌貴的樹木。再往前走，大片櫻桃林夾徑而生，不見櫻花，卻彷彿置身於櫻花飛舞的季節，彷彿眼前就飄著那緋紅的花瓣，想起那關於櫻花浪漫的傳說，心中許下諾言，明年三月一定要和這櫻花相約。

許是沉醉在這片綠景之中，亦或是太多的果樹木讓我們眼花繚亂，很快我們就迷路了，似乎走到了山的盡頭，正山重水複疑無路之際，抬頭就看見了對面山上成片的茶園，油油成林，層層疊疊成行整齊的長在山坡上，一道道翠綠的茶樹環繞青山，有攝影愛好者開始拉開架勢，撲捉美景。仍是先前來過的那位仁君告訴我們，農林村已把茶葉作為農業產業化的一個支柱產業來培育發展，成立了全市首家「茶業專業合作社」，引進良種茶樹幾十萬株，建立了示範茶園基地，正在附近山上興建千畝良種茶樹示範推廣基地，並通過基地實現全村茶種植和生產向規模化和產業化方向邁進。我們在街上買的「農林雀舌」牌茶葉就來自於這裏。說話間，走走停停，柳暗花明又一村，眼前突然開闊起來，不遠就到了兩山相間的水庫。面積不大，臥在山腰，圍在綠樹叢中。清澈的湖水倒影著靛藍的天空、蜿蜒起伏的山嵐，我的鏡頭出現了一幅幅美麗的山水畫，藍天碧水成一色，群山翠綠繞薄紗。「有山皆有竹，無竹不成山」，水庫的那邊就是莽莽竹海，雖已深秋，萬木蕭瑟，但它卻綠葉婆娑，枝繁葉茂，碧翠蔥郁，綠茵茵、翠生生。有風吹過，竹濤陣陣，碧波漣漪，令人心曠神怡。清心、淡雅、瀟灑、蔥蘢的景色，不能不讓人心醉。同行的作家們紛紛在此留影，讓時光停留在這青山綠水之間。

路過一個村莊的時候，徐君突然發現一戶人家果園梨樹上竟然綻放出粲然花朵，雖然只有幾叢，但雪白花瓣緋紅花蕊一如春日般可愛，尤其長在秋天的樹枝上特別耀眼。眾人驚喜之餘，紛紛端起相機拍起特寫。有好學者解釋，今年暖秋加上山裏獨特的氣候才導致如此，一詩人說這錯季的梨花是為歡迎我們這些錯過季節的觀賞者而開，要不，怎知這山裏的美景。

隨後，我們還在別的果園裏發現了大朵大朵盛開的木芙蓉，金黃色的野菊花，還在一棵棗樹上依稀看見紅色的棗子，真如那位仁君所說，一年四季青翠欲滴、鮮花盛開、碩果不斷。惹得幾個作家戲言，等退休了一定要在這兒定居，好好享受這世外桃源般的生活。不經意間發現腳下走的一直是水泥路面，在山上是如此，在果園如此，在村莊更是一條條水泥路面四通八達，有細心者發現水泥路面竟然通向每一戶人家門口。原來身在山水田園之中，卻可以不染一段泥濘小路。

中午，我們在靠近路邊的農林生態山莊吃飯，這是一個純粹的農家莊園。院內正中一青磚碧瓦的二層小樓，庭院深深，一側有拱門內院，裏面是果園，園內，桃、李、柿、板栗、櫻桃、枇杷以及香樟、桂花樹等十幾種果樹，進去看見園內許多散養的雞、鴨在四處覓食，一條小狗若無其事的在樹木之間穿行，院牆上一直小花貓眯眼在慵懶地曬著太陽，後院圍牆裏還看見二隻不好客的黑豬在呼呼大睡，它們都是那樣雍容和閒適，似乎我們的到來絲毫沒有影響它們的安寧。走到院後是一不高的小山，一條鋪著青磚的小徑伸向山頂，山上也是果樹成蔭。在山頂竹制的小亭裏閑坐，小憩，暖暖的曬著太陽，無比的愜意。

原以為這片「世外桃源」與世無爭，甚至是落後貧窮的，但村領導的一番介紹又給了我們一個很大的驚訝。自04年以後，農林村先後獲得安徽省「五個好黨支部標兵」、省「千村百鎮示範村」、省「生態村」，省「苗木花卉之村」，市新農村建設先進示範村、市生態村、市文明村、市「一村一品」示範村。目前，該村正以生態農林業、生態旅遊業、生態文化業、生態產業為引領，以綠色體驗、生態休閒為發展方向，著力打造假期綠色休閒區，建設多種生態產業立體發展的社會主義新農村。天啊！不可思議，這片田園風光竟然集萬千榮譽於一身，我們充滿了困惑，這樣一個山區偏僻的村莊是什麼神奇的魔力使其獲得如此至高至多的榮譽？得知，是黨的好政策，是國家的新農村建設，是落實實踐科學發展觀的體現，是農林人淳樸的民風，自強不息、樂於奉獻的忘我精神！突然想到，隨著城鄉一體化進程的加快，隨著城市建設的不斷發展，或許有一天這片寧靜的田園風光就成了城市的花園，成了廣大市民休閒遊玩的山莊，成了每一位市民心中無可代替的城市風景。我們充滿憧憬和期盼。

回去的時候，仍是穿過那條鐵路下的涵洞便置身於喧囂的城市之中。然，那片美輪美奐的田園風光，那個恬靜的世外桃源，那滿山的綠景，我想肯定會深深地烙在每一個人的內心深處。

親親高爾夫

高爾夫最早只是一項民間運動，傳說中世紀，一個蘇格蘭的牧羊人在放羊時，喜歡用牧羊棍擊打石子取樂。一次偶然把石子擊入遠方的兔子窩裏，讓他興奮不已，他覺得這種「擊石入窩」的遊戲非常有意思，妙趣橫生，興味盎然。此後，他就經常和夥伴們去玩這種遊戲，隨著人們的喜愛和歡迎，這種遊戲逐漸流行起來。由於蘇格蘭天氣寒冷多雨，遊戲的時候他們會經常帶一瓶威士卡，每打完一個洞會喝一瓶蓋子酒取暖，一瓶酒是18盎司，一瓶蓋子是一盎司，一瓶喝完後剛好打完18洞，這就是高爾夫球的雛形。因此，現在的高爾夫標誌球場一般都設有18個洞。當時的牧民怎麼也想不到這種純屬窮人自娛自樂的戶外運動，日後卻近乎成為一種象徵身份，財富，和品位的奢侈運動。

高爾夫是英文「golf」的音譯詞，由GOLF四個字母組成，G代表綠色（Green）、O代表空氣（Oxygen）、L代表陽光（light）、F代表友誼（Friendship），草地、空氣、陽光、友誼不正是都市生活中人們的嚮往嗎？因此，說高爾夫是一種貴族運動，紳士運動，不如說它是一種生活方式，一種文化，一種優雅高貴的生活品位。

週末，有幸結緣高爾夫，走近逸頓國際高爾夫球場，第一次和高爾夫親密接觸。一下車吸引我的不是那種貴族感，而是那一望無際的綠茵，在小城中擁有這麼大的一片蔭蔭綠地，那應該是很多人的童話夢想。在我的眼前，大片大片的綠草地，樹林，沙地，小丘，白雲藍天，和著徐徐清風構成了一幅淋漓盡致而又完美的水彩畫。擠身進入蔥蘢清綠的畫面，做那畫中不經意的一筆。於是，醉了，愜意地體味高爾夫所帶來的綠色和熱愛生命的氣息；於是，親吻，投入大自然的懷抱，徜徉於綠色之間；於是，享受，高爾夫帶來的淡定、從容與休閒，逃避煩囂，領略高爾夫運動的無窮魅力。

然，真正打起高爾夫來卻那麼難，甚至為自己對高爾夫的著裝、規則、禮儀、文化一無所知感到汗顏。根本不知道打高爾夫應穿有領的上衣，長褲，軟釘球鞋。別人擊球時要停止走動，保持安靜。不能在球道的果嶺上練習推杆，要禮讓後組球員先打。高爾夫運動崇尚文明、謙讓、悠閒，在彼此競爭的過程中建立起高尚的人際關係。

教我打球的是年輕帥氣、彬彬有禮的吳教練，看著他握杆，彎膝、抬臂、挺胸，自然的揮動球杆，擊球，颯爽英姿，從容而優雅。安逸、友善與祥和的表情，盡顯高爾夫運動的文化和紳士風度。他開始手把手的指導我雙手握合的姿勢和分寸，說揮杆的姿勢要放鬆要標準，身體要和手臂協調默契，說不要輕視這些外在的東西，其實這些是經驗的積累，是高爾夫作為最優雅的運動的美。而最重要的力度和方向的掌握，是要自己在實踐中領悟。

開始練習揮杆，拙笨地握杆、擺自己都顯僵硬的「Pose」，極不自然的揮動，對著那個渾身充滿高貴氣質的小白球打去，沒有想到，糗大了，竟然連眼前的球都沒有碰到，它紋絲不動，似乎笑我「農民」啊！再揮動球杆擊球，仍擦肩而過。再擊，無恙。汗！莫非自己根本就擺弄不了這紳士的運動？吳教練看出我的急躁，給了我一杯飲料，微笑著告訴我，高爾夫是一種享樂，是一種優雅而美、悠然自得的休閒方式，是一種文化，一種生活態度。你要靜下心來，用心享受這個過程。於是，再看面前，綠草如茵，心境倏忽變的平和，放鬆心情，練習揮杆，千萬次，愜意舒暢的累著。一段時間下來，竟然能有一個漂亮的擊球。小憩，用些茶水，聽聽音樂，翻看一些高爾夫雜誌，方感悟悠閒。之後，和吳教練坐在草坪上閒聊，聽他說著打高爾夫球的程式和規則，享受賦予陽光、綠色和生命的高爾夫帶來的愉悅。

記得吳教練說高爾夫所強調的是明確的目標、理性的思考和嫻熟的技能。不遠處有一個想要打進的洞，這是目標，打球時要分析研究，要有長遠的計畫和遠見，這是一種毅力和思考的訓練，要想打進洞中還需要千萬次的揮杆，不懈的訓練，這是嫻熟的技能。忽然感覺高爾夫如人生，需要有目標，要有長遠的人生規劃，還需要勤奮和努力。但在這個過程中要如享受高爾夫一般，給自己一個天高地闊、山清水秀的世界，保持一顆淡定從容的心態，享受生活帶來的快樂，提高自己的生活品位，做一個有紳士風度的人。

記得曾經有位哲人說過：高爾夫是一種生活態度，是一種獨自的堅持，是一種互有的尊重，是一種自我的超越！是的！讓我們微笑，親親高爾夫，親親生活，微笑，微笑！

創新，從自己做起

這幾天在給省作協的王老師做本新書的裝幀設計，書名叫《將軍》，反映解放戰爭時期渡江戰役中一個國民黨中將的故事。接到這個活，我很認真的進行了設計，封面採用了日暮中的長江景色，中間「將軍」兩個剛勁有力，構圖、排版、字體、色彩等等我都很滿意。交「作業」給李老師時，還沾沾自喜，說這樣的裝幀設計不會有問題，出版社那肯定能通過。

沒有想到第二天李老師給我打來電話，說封面沒有通過，存在很大問題，需要修改。說實話，當時我很生氣，幾年來我做了幾十本書的裝幀設計，沒有沒通過的，最多是根據作者的意思作一下修改，而那些修改其實是我不能苟同的，無非是為了滿足一下作者。但這一次存在很大問題，被退回來了……我告訴李老師，讓出版社給我打電話，告知為什麼沒有通過，需要怎麼修改。李老師似乎當時很為難，但還是答應了。不一會兒就有北京的電話打進來，讓我沒有想到竟然是《人民文學》長篇小說的總編吳老親自打來的，有點受寵若驚。吳老很客氣，肯定了我的設計，說構圖、背景處理很合適，整個設計似乎也沒有什麼缺憾。那還要修改？我問吳老。吳老告訴我：你的設計不覺得太保守嗎？你的創意有突破嗎？很專業並不表示很完美，設計上要求很到位，但創新表現在哪兒呢？

吳老的一番話讓我很汗顏，是的，我要求的無非是做專業一點，按照自己理解的設計理念「安分守己」的去做，似乎不敢去突破，循規蹈矩的，也許做多了，每次都是按照作者的意圖加上自己的理解就完成。吳老問我在這本書的裝幀設計上認為應該怎樣去突破，讓我大膽的去做些創意，要敢於創新。片刻，我就告訴了吳老一個新的方案：不按照人們的審美視覺要求，把「將軍」兩個字放在封面的正中，用黑體，將字型大小放大，占滿整個封面，甚至突破一點都沒有關係，強烈刺激讀者的視覺，讓「將軍」兩個字很沉重很厚實，也很符合本書作者的表達意圖。吳老立即就同意我的修改方案，說這樣一改完全是本書的一個亮點。稍後，吳老問我：你完全可以做的更好，為什麼開始不敢呢？設計的理念本來就是在不斷創新，在變中求新，在新中求異。

事後，我很認真的思考了這個問題。之所以不敢，一是怕「新東西」不被別人認可，瞻前顧後；二是受自己所學的所掌握的知識影響，抱著陳舊的設計理念循規蹈矩，模式化的東西太多；三是自己沒有強烈的創新意識，思維定勢，不敢標新立異。

在教學過程中我們也經常要求學生充分發揮他們的形象思維能力和創造能力，敢於「異想天開」和「與眾不同」，鼓勵學生突破陳規，擺脫原有知識的範圍，允許他們有自己的看法和見解。但在傳授知識同時往往還是將自身審美意識和審美情趣以及創作經驗約束了學生的思維，將自己個體的規範化、套路化的東西無形中強加給了學生，影響了學生的創新意識。

「學習的過程就是一個創新的過程！」因此，在日常生活學習過程中我們都要充分利用自己的智慧，調動自己的個性化思維，標新立異，敢於創新。

十字路口的表情

從小區到超市需要經過二個十字路口，於是等紅綠燈便是我去超市路途中一道不可缺少的風景，也許是我喜歡觀察或欣賞，每次等候紅綠燈對我來說都是走進一幅難得的千變萬化的「現代市民生活圖」，47秒的等候換燈時間不算太長，卻足夠我看遍人生的一些細微的風景。

這是一幅三維的動態的「現代市民生活圖」：我與對面的車輛僵持著，左右而行的車輛不時打破我們的「僵持」；左邊不遠的斑馬線上一對夫婦在爭吵（暫且認為是夫婦），斑馬線對面一對情侶，旁若無人的親熱；右邊斑馬線上一個騎電動自行車的年輕人左右探望，終於大膽的成功突破紅燈區；馬路中央一個交警在維持著交通秩序，刺耳的聲音在耳邊響起「闖紅燈，危險……」；鳴著警笛的120急救車穿越紅燈而過，馳往路口旁的一家醫院；幾個穿著校服的孩子大聲說笑著，旁邊幾個拎著菜籃子的主婦面無表情。

其實，一個十字路口等待的表情就是一個城市的表情，就像那對夫婦爭吵代表這個城市的生活裏也有矛盾的表情，那對親熱的情侶就是這個城市溫柔與熱情的表情，那個交警的表情代表這個城市嚴肅的表情，闖紅燈的年輕人探望的表情就是這個城市也有一份不和諧的表情，主婦的面無表情代表這個城市最平凡的或者艱辛的生活表情，孩子的笑談聲裏那是這個城市未來的表情。

試著問過我的學生這樣一個問題：一個人什麼時候臉上的表情才是最真實的表情？答案不一。一個女生給我了一個滿意的答案：

「在沒有別人關注的時候，一個人臉上的表情肯定是最真實的表情，例如：一個人獨自走在街上、在十字路口等紅綠燈。」人的表情是很複雜的，許多情況下臉上的表情都不一定是真實的表情，也許很悲傷的時候你會對別人微笑，也許遇見一個你很討厭的人你會不得已打個招呼。這些表情我想是虛偽的。

那麼，在這個十字路口我們的表情又是不是真實的呢？不知不覺的十字路上行人的表情已經變成一個人的面具，演繹著喜怒哀樂，陌生的真實，真實的偽裝。如果不是偶爾碰上熟人展開一下微笑，那這份冰冷的表情就是人生中常見的一種表情，虛偽裏的真實。一個教育專家說過這樣一句話：人際交流的總效果＝0.07的語言＋0.38的音調＋0.55的臉部表情。如果真的是這樣，那麼這十字路口的表情無疑是失敗的表情，當然，在彼此不認識的十字路口我們無需交流，那麼也就無需展示虛偽的表情。只是需要一個抉擇：是靜靜地等待、還是試圖違規穿越？是放鬆心情做一個短暫的小憩還是面無表情的沉思？這些表情每一個人等紅綠燈的人都展示過。

不經意站在街角的這一刻，突然發現，這多像人生十字路口面臨的抉擇。每個人的一生中都會面臨許許多多的十字路口，就像在紅綠燈前的思考，自己給人生一個什麼樣的表情？我想，我的表情一樣演繹著喜怒哀樂，但在我所跨越的諸多十字路口中所展現的表情肯定很真實，因為我堅定的走過！

不過幾十秒後，紅綠燈轉換時，這些表情也許就會被顛覆，也許將在下一站重現。那麼人生的十字路口我們又將展現什麼樣的表情？是不是可以在真實的表情裏面一臉笑容？是不是可以成功的展現0.55的臉部表情？

寫實的《蝸居》

很少看電視劇的，情願晚上寂寞地敲些不著邊際的文字。但前段時間無意中看了片刻《蝸居》，正是海萍逼丈夫買房的情節，城市白領買房的艱辛、生活的辛酸以及奮鬥的不易讓我深有感觸，相信許多的「房奴」和正在都市中苦苦奮鬥想成為「房奴」的人都深有體會，些許能找到自己的影子。於是，以陪妻看電視的名義把整個《蝸居》看完了。看完還思考了很久，原來不只是房子的問題，《蝸居》像一幅寫實的甚至是超寫實的油畫，把社會的某個片段刻畫得淋漓盡致。房子只是一個符號，貪官、小三、房奴、開發商、釘子戶通過圍繞房子組成的故事看了讓人心酸卻又那麼真實，故事在「江州」，但彷彿發生在每一個城市，或在我們身邊，「小房子」折射大現實，「真實感」反映大現象。

故事發生在一個叫「江州」的地方，會聯想的人都能感覺到像真實中那個風情萬種的城市。海萍夫婦名牌大學畢業，對前途充滿理想，自信能在「江州」那片熱土上通過自己的奮鬥紮根。他們為了擁有一套屬於自己的家：租住「貧民窟」裏十幾平方米的狹陋的房子，為存錢而省吃儉用，甚至到了電話不敢多打一分鐘，沒有用過化妝品，幾年捨不得買衣服，雞蛋都不敢常吃的節省。妹妹海藻，同樣大學畢業來到「江州」工作，擁有一份幸福的純真的愛情。「江州」政界紅人──「市長秘書」宋思明可謂風流倜儻。政壇能人，前途無量，甚至頗具「同情心」和細膩的情感。類似於傀傴的開發商陳四福，社會最底層的釘子戶「李老太太」……隨著劇情的深入，圍繞著房子、婚外情等等社會現象，故事開始發生變化。最終，海萍夫婦如願買上了一套按揭的期房，告別蝸居，「李老太太」用生命為孫子換取了一套房子，愚蠢的陳四福被員警當場抓獲，海藻則淒涼的遠去異國他鄉，宋思明在警笛刺耳的尖叫聲中車毀人亡。

不得不說，這部電視劇道出了許許多多人的心聲和發自內心的感慨。如今，有多少人正為一套屬於自己的房子在透支自己的健康、超負荷地工作。引人深思的是人們這樣辛苦地為房子奮鬥的時候卻發現怎麼努力也趕不上那節節攀高的房價，於是，許多人選擇了貸款買房，背上沉甸甸的房貸，成為「房奴」。又有多少人因此而失去了原有的生活憧憬和嚮往。劇中的「小三」角色讓人感慨，曾經深受道德譴責的「第三者」，在物欲橫流的世界中為圖虛榮和權貴背叛愛情、甘當「情人」的描寫是那麼真實和貼切，在物質欲望面前一切都那麼自然，雖然劇中大眾的容忍度一再提高，甚至到了男友、姐姐、母親都知曉的地步，但我想這些應該不能改變我們共同的價值觀和道德標準。瀟灑帥氣的貪官，官商勾結、草菅人命、為所欲為，沒有錢擺不平的事，錢能解決的問題都不是問題，商界富翁，法界精英唯他馬首是瞻，不得不讓人對社會公平和道德失衡的現象義憤填膺，使人想起剛作完反腐倡廉報告被「雙規」、剛說兩袖清風就被查處鉅款的某某某某官人。寫實的《蝸居》太貼近生活，近的讓人恐懼！

貫穿整部劇情的情節，我想可以用二個字來詮釋——現實！似乎一切都可以用權和錢來稱斤論兩，海藻為了虛榮放棄純真的愛情，甘心成為比她年長十六七歲的宋思明的情人，寧可破壞別人的家庭來享受物質的幸福；明知妹妹做了別人的情人，但受恩於他，借住房子、介紹家教、借錢、擺平官司等等讓做姐姐的竟然默認，一句「你要對她好點！」那麼的無奈和脆弱；可憐的小貝，從開始到最後，一直都在用心付出，甚至在已經知道女友背叛的時候，依然用他對愛的寬容在維繫著感情，可在權和錢的現實面前，小貝的愛情已經變得廉價而微不足道了；高高在上的官員，一個電話大事小事均可化了，從司法機關「撈人」進出自如，源源不斷的錢財。現實，那麼的可怕！還有很多現實在海萍地的「經典名言」中：「每天一睜開眼，就有一串數字蹦出腦海。房貸六千、吃穿用度兩千五、冉冉上幼稚園一千五、人情往來六百、交通費五百八、物業管理費三百四、手機電話費二百五，還有煤氣水電費二百。也就是說，從我蘇醒的第一個呼吸起，我每天要至少進賬四百，至少。這就是我活在這個城市的成本，這些數字逼得我一天都不敢懈怠……」、「是啊，我曾經的堅持，內心的原則和我少年的立志，就被這孩子，被家庭，被工作，被房子，被現實生活磨礪得不剩些許。」、「我甚至在責怪這個社會，為什麼這麼不公平？為什麼大家有規不遵，有矩不守，而讓我們這些辛辛苦苦、勤勤懇懇的蝸牛受罪？」……這樣的現實，其實就在我們身邊。

人都是有欲望的，寫實的《蝸居》正是把欲望表現得很徹底，很露骨。這些跟其中幾句「少兒不宜」的臺詞無關，重要的是權——色——錢描寫的太露骨了，對人們的物質欲望刻畫的太露骨了，對官商勾結，「情人」的描寫的太露骨了。整部電視欲望貫穿全劇，把人的種種欲望表現得淋淋盡致。因為嚮往美好，所以有了欲望，因為欲望，苦苦奮鬥、浮世掙扎、不管對與錯、不擇手段、不惜一切、甚至鋌而走險，違法犯罪等等紛紛上演。欲望是人人都有的，本無可厚非，但當被炙人的欲望衝昏頭腦，最終肯定會讓人身敗名裂。

寫實的《蝸居》中海萍夫婦似乎是很多平凡人的影子，他們真實的經歷帶給我們的啟迪應該更多。他們結婚的時候還住在一間只有十平米的房子裏，孩子也只能放在娘家，給孩子打一個長途電話都要算好時間，生怕超時，舊的物品可以再用，廢紙破書都可以留著賣錢。搬進了借來的大房子，內心卻始終無法平靜，終究還是回到了那個只有十平米的小屋。最終，倆人在共同的奮鬥下，買了房子。海萍夫婦所走的路，似乎也在告訴我們，這個世界沒有什麼捷徑，唯一的捷徑就是通過自己的雙手經營出屬於自己的生活。

當人們看慣了華麗的繁華浮塵，也自然就遺忘了昔日裏平淡的細水長流。這樣的一部電視劇，的確給了人們太多的啟示，我想，這樣頗具真實感的話題，已不再只是一個電視劇的題材了。面對這個世界層層裸露的現實，我們應該反思，給自己一個正確的定位，去經營自己真實的人生，去追求真正屬於自己的美好！寫實的《蝸居》應該帶給我們很多思考，給我們每一人都好好地上了一課。海萍夫婦的故事告訴我們，許多的美好不是我們不能擁有，只是需要時間和奮鬥，沒有捷徑和投機取巧。些許，這才是真正真實的人生軌跡，這才是符合事物發展邏輯的規律……

「一套房子，讓多少年輕人蝸居在這個城市，拼了命的工作和掙錢，卻不知房子對自己的真正意義是什麼？你要的是一套房子，還是一個家？……」一切的付出都應該是為了活得更美好而準備的。我想，我們對生活付出的艱辛應該是源於對美好的嚮往，不能為了美好選擇錯誤的方式。

走近一個叫高源的女生

那年去一個偏僻的山溝任教，一次上課師生問好時，發現前排一個女生用雙手趴在桌旁，艱難地抬著頭。看到我很詫異，旁邊的一個學生小聲告訴我：「老師……她的腿不方便。」突然想起快開學時同事說的一件事：本來初一年級教室安排在三樓，後來校長知道有個初一新生腿不方便，就決定把初一年級的教室安排在一樓。我趕緊讓她坐下，並告訴她以後上我的課可以不用起立，而且可以坐著回答我的提問。

後來知道她叫高源，因小兒麻痺症從小殘疾，雙腿不能行走，要靠別人攙扶。母親是一個小學老師，父親在附近的銅礦上班。為了孩子的讀書，學校在哪，家就搬到哪。每天放學的時候，父母都來攙著她回家，黃昏的山溝，小路旁，蹣跚地行走，他們一家三口的身影拖得悠長。那是我們學校一道最動人的風景。

高源學習非常刻苦，上課的時候很認真，特別喜歡美術課，總能畫出一些很有創意的畫。記得有一次作業設計環保宣傳畫。她設計的是一片綠葉蓋在學校後面高高的煙囪上，綠葉被熏得焦黃，還流著淚。一旁寫著：別再讓最後一片樹葉流淚！

高源很想和別人一樣自由自在的奔跑。有一次批閱到她的作業，畫面是一個小女孩在草坪上跳舞，小女孩分明是她自己，藍藍的天空上還有小鳥在飛翔。當時很感動，給她批了一個優秀，還在旁邊寫了一些鼓勵性的話語。高源說她很喜歡我的美術課，因為她可以和別人一樣用筆和色彩去體驗健全人快樂的情感。

第一個學期快結束的時候，高源隨她父母去上海做手術，一直到次年三月才回來。我和她的班主任伍德明老師買了她喜歡吃的水果一起去看望她。躺在床上的她，看上去更瘦弱，渾身纏滿了紗布。做了好幾次手術，一共動了十九刀。想著就讓人心疼，那麼小的女孩為了能和別人一樣健康的生活，只是為了能自己走上一步路，竟然承受著大人都難以忍受的痛苦。她媽說她很堅強，那麼大的手術她都沒有哭，沒有退縮，積極的接受醫療。旁邊的同學都感動的流淚。我問高源做手術的時候在想什麼，她說那個時候最想能夠和同學們一起去公園寫生，一起做遊戲。我們都安慰她好好養病，不要著急功課。臨走的時候高源看著我，欲言又止。問她想說什麼，「老師，我想畫畫。」她輕輕的說。無言很久，我囑咐她先配合醫療，等能夠活動的時候再自己畫一些，讓別的同學帶給我批閱。

隔些天，他們班的同學帶來她的畫，厚厚的一本。畫面的內容很豐富：有想像中的家園，有夢想中的登山、春遊、游泳，還有和幾個同學一起踢毽子……她是多麼的希望能夠實現她的夢想啊！這些夢想都是我們常人微不足道的事情，對她卻是奢望。我認真的幫她修改了每一幅畫，並送給她一本我最喜歡的速寫簿，在扉頁寫了幾行字：「人生需要一個堅定的信仰，信仰是你堅強的腳步，向前走一步，我們牽你的手！」

若後，在她休學的二年裏，我一直在鼓勵她，送她一些繪畫顏料、勵志書籍。我創辦《月形山》校刊時經常採用她的畫作插圖，每一期印出來都會準時讓同學帶給她，並在扉頁上寫一段話鼓勵她。

我快離開山溝的那個暑假，高源在網上高興地告訴我：「老師，我可以自己拐著拐杖上學了，我好想見學校的老師和同學。」我聽了也很高興，告訴她開學那天我會帶著學生在校門口迎接她。高源說一言為定。之後，高源突然問我：「老師，你為什麼對我這麼好？」我一時竟然回答不了，並沒有感覺到我對她有多好，只是一直在關注她，不斷的給她鼓勵，關心著她的健康和成長。她是我的學生，這似乎是我應該做的事情。尤其是在她手術之後，相信，我的鼓勵以及許多老師對她的關心能夠給她很大的力量，讓她在痛苦的時候有個精神支柱。我只是想在她很不容易的人生路上多給她一點溫暖。多一份關心和鼓勵，她就會多一份堅強。這是一個老師的責任！

快開學的時候，因為工作調動要離開山溝去市內一所學校任教。我沒有告訴高源，怕她知道會失望。可高源似乎有感覺，一次在網上問我：「老師，你下學期還教我美術嗎？」正在我不知道如何回答的時候，高源又說：「老師，你說過開學的時候接我……」我立即答應了高源。本來我是要早一點辦理工作交接手續，去新單位報到。但我一直等到開學，等到我帶著學生一起迎接高源。

那天，辦完交接手續去班級看她。當時她們正在上課，我請求當堂教師給我二分鐘時間，因為高源走出來太不方便。她看到我很驚訝，高興地對我說：「老師，我的腿好多了，很快就可以自己走了，我還買了水彩顏料……」我小聲地告訴她，老師要離開這個學校了，不能再給她上美術課。要她好好學習，堅持鍛煉。並送了她一本我剛出的散文集。高源的臉上停了笑容，低頭，沉默，我看見了她滿眼的失落，有淚流。轉身，聽見高源在我身後說：老師，謝謝您！

後來，在她的QQ空間裏看見她的日誌：「我以為上學了又可以跟著孫老師學畫畫，他答應過我的，等我能走路了，就帶我去月形山上去寫生……躺在手術臺上的時候，身體失去知覺，但頭腦很清醒，告訴自己別怕，要配合醫生手術，要回去和同學們一起上課……相信有一天我會站在月形山上。」我看著突然很傷感，為自己的失言難過。給她留言：「走泥濘的小路，才會留下美麗的腳印！」並告訴她無論何時我都會一直關注她，讓她好好鍛煉，好好學習，努力走出一片輕鬆的腳印！」

送禮

六月，實習期快結束，佳的就業協議書還沒有簽下來，眼看就要畢業了，工作還沒有著落，佳很是著急。「今年就業形勢非常嚴峻，你們要降低擇業標準……」輔導員的忠告又在耳邊響起。與佳一起著急的還有在這座城市工作的男友。

佳在這座城市的一家外貿工公司實習，公司生意做的很大，產品遠銷東南亞一些國家。佳很想能留在這家公司上班，佳喜歡這座城市，佳愛在這座城市工作的男友。但佳知道自己不是很優秀，和她一起來實習的有十幾個人，公司只準備留下二個人。

佳的著急王姐看在眼裏，王姐和佳在一個辦公室，在這家公司工作七年了，聽說很快就要升職。「你要想想辦法，送點禮物給趙總，說不定就留下了。」王姐勸佳。「可趙總那麼有錢還在乎我的一點禮物嗎？」佳不解。「傻呀你，你知道送什麼嗎？」王姐深高莫測的說。「送什麼？」佳著急的問。「把你自己送給趙總，保準就留下了。」王姐看著佳。「王姐，你別開玩笑，這怎麼可能？」佳臉都紅了。「哎……佳，社會不是學校，你自己考慮吧！我看得出趙總很喜歡你。考慮好了跟我說一聲，姐幫你安排。」王姐下班走了。佳想起剛來的時候，趙總拍拍自己的肩，說自己身材不錯，還色迷迷的看著自己。

佳把這件事當作玩笑告訴了男友。男友很氣憤，說這怎麼可能，就是找不到工作，也不能拿自己去交換。佳很感動，男友一直深愛自己。可工作、房子、老家的父母……一想到這些，倆人一起煩惱。

實習期結束的那天下午，佳突然決定瞞著男友給趙總送禮。佳想留在公司上班，佳不想在這座城市無所事事，佳不想靠男友養活自己。王姐約好時間，讓佳下班後去帝豪園502房間等趙總。

佳下班回去穿上那件最喜歡的連衣裙，去見趙總。

「趙總，我想留在公司上班。」佳看著微笑的趙總。

「是嗎？可我已經決定好留下的二個人，沒有你！」佳感覺趙總又在色迷迷看著自己。

「趙總……」佳解開連衣裙，手裏拿著就業協議書。佳終於走出這一步。

「呵！身材果然不錯。」趙總並沒有走過來，看著佳。讓佳渾身不自在。

「把衣服穿上吧！丫頭。」趙總轉身走到落地窗前，背對佳。

佳不知道如何是好，也許趙總對自己根本不敢興趣。佳無地自容，感到很恥辱。穿上裙子，默默的轉身想離開。

「等一下！佳，喜歡這座城市嗎？」趙總問佳。

「喜歡，因為我的愛情在這座城市！」佳打開房門。

「我決定錄用你了。」趙總在後面說。

「可是，你不是決定好二個名額了嗎？」佳轉身問趙總。

趙總說：「我準備讓你替王姐的位置。」「王姐升職了嗎？」佳問。

「王姐被解聘了。」趙總淡淡的說。「被解聘？不，不，王姐不是幹得好好的嗎？」佳不想這樣。

「是嗎？可王姐給我送禮物了。」趙總又「色迷迷」的看著佳。想到送禮，佳滿臉通紅，原來王姐也這樣。「那你還要解聘她？」佳又不懂。

「呵！可王姐送的禮物是你，還說你身材不錯，ㄚ頭！」佳明白了。

趙總簽了就業協議書遞給佳，又拍了拍佳的肩，說：「這是我送給你的畢業禮物，社會很複雜但也很單純。」

佳無語。

傻子

記得我小時候，村子裏面的人都喊他「傻子」，我們也確信他是「傻子」，因為他從來都是一個人孤苦伶仃地行走在村莊、街上、馬路邊，手裏拿著一大堆髒兮兮的破爛，歪著頭，目光呆滯，笑嘻嘻地自言自語。偶爾他也走進正在玩耍的我們中間，但每次都被我們趕跑了。有一次，當一個小夥伴拿起石塊砸他的時候，被我阻止了，在那一剎那間，我發現傻子呆滯的目光竟然看了一下我，那絕對不是無意識的。一直到現在我也不能理解傻子的那個眼神，但從此以後，我和傻子似乎成了好朋友。

那些年在家鄉讀書，經常能夠和傻子一起玩。每個週末或者寒暑假的時候，傻子都會走進我的身邊，傻子沒有辦法和我交流，我說的話也不知道傻子能不能聽懂，但我永遠也不明白傻子「咿咿呀呀」的語言，然而我們似乎總是有著默契，每個傍晚放學的時候，我都能在街上找到傻子，傻子也會乖乖地和我一起回村莊，每次我和別人一起玩的時候，傻子總是一個人在不遠處自言自語，要不就是手裏拿著一把蒲公英不停地吹著。興奮的時候，傻子會對著我大聲的叫喊，指著滿天飛舞的蒲公英讓我去看，不知道傻子是不是也想和風中的蒲公英一樣自由飛翔。

後來，我去遠方讀書，寒假回家的時候，再見到傻子彷彿沒了以前那種親切感，他也不再走進我的身邊，村莊的人都說傻子安靜多了，不再嘻嘻哈哈地在街上亂跑，最感興趣的是每天坐在那個小山丘上看遠去的火車。我去找他的時候，他正孤獨地坐在小山丘上，順著鐵軌看著遠方，身邊放著的是一束一束他最喜歡的蒲公英。傻子沒有理我，我靜靜地陪著他坐著……

一列火車呼嘯而過，傻子突然激動起來，拿起身邊的蒲公英不停地吹，跑著追向遠去的火車。火車沒了蹤影，傻子又轉過身對著我麻木的叫喊，沒了以前那個僵硬的笑容，呆滯的目光裏也沒有我，那一刻我很傷感，我不懂傻子的語言，我甚至不知道怎樣去安慰他，我無法走進傻子的世界，在我轉身離開時，傻子又依舊坐在那個小山丘上，或許是期待著下一列火車……

這個平淡無奇的日子，母親打電話告訴我：傻子死了，傻子在鐵軌上追著風中的蒲公英，被呼嘯的火車帶走了，他家的人把他安葬在小山丘上……我默默地放下電話。

暮色冬日，絲絲涼風，滿天飛舞的蒲公英，冰冷的鐵軌上傻子在奔跑，一列火車呼嘯而過……

粘鼠記

晚上睡覺，宿舍裏竟然聽見老鼠活動的聲音，嚴重影響了我和室友的睡眠。採取我們一貫和平相處的老辦法——石頭剪刀布，誰輸了誰處理問題。我輸了，室友便立即下令：讓我務必在第二天上街買回老鼠藥。恨死老鼠了，那麼熱的天還要我上街買藥給它吃。

第二日，上街買老鼠藥的時候，才發現自己是大姑娘上轎，頭一回。根本不知道在什麼地方買。服裝店、商廈、電器公司……哪有賣老鼠藥的啊！打室友求助熱線，話筒裏室友明顯醞釀了一下嗓子，站在很高的角度人模人樣地下了指示：哪兒買我不管，但務必今天要買回來，且務必要打贏這場滅鼠仗。無奈，打電話詢問一些朋友，結果除了被取笑一番外（如：怎麼對老鼠藥感興趣了？怎麼最近喜歡吃這個了？），一無所獲。突然想起來這些東西應該在小地攤上買才對，於是告別繁華的長江路，直奔小街小巷。找了半天，千辛萬苦。一個地攤老闆告訴我：「政府早就不給私自賣老鼠藥了。」那怎麼辦？想起室友的「二個務必」，我心怕怕。地攤老闆又說：「我這有專粘老鼠的強力膠，既經濟又實惠。」我一看，不過是一張對折的裏面有粘膠的牛皮紙。管用嗎？我問，老鼠怎麼會那麼傻自己往膠上粘呢？「哈哈！貪官污吏難道不知道貪污腐敗犯法？還不都是前仆後繼的往槍口上撞，有甜頭唄！」地攤老闆最後說：「放心，我這個強力膠銷量非常好，不用不知道，一用忘不了。」我才不想忘不了呢，但我也只好抱著試試看的想法買一張回家。

室友龍顏大怒，讓你買老鼠藥你怎麼買了這玩意回來，你以為老鼠跟你一樣孬啊！自己送上門往上跳？我小心翼翼的解釋，不時露出天熱、口渴之類的話語，以博室友同情。最後室友恨鐵不成鋼，丟給我一塊西瓜，自個兒擺弄那張強力膠去了。室友把它放在電視櫃旁邊，說昨晚上老鼠好像就是從這兒過的。可老鼠怎麼會往上跳呢？室友犯愁了。我讓室友把他愛吃的墨子酥捏碎放在四周「勾引」老鼠。室友誇獎我：孬樣！西瓜沒白吃。照辦。

一個晚上我們都心不在焉，一會兒跑去看看有沒有粘住老鼠，一會兒又擔心墨子酥太少了，差點自己被粘住了。室友曰：粘不住老鼠，你明天就給我去農村買老鼠藥。怕怕，那麼熱的天。我心裏祈禱：老鼠啊老鼠！給點面子，你就自己上吧！

九點鐘的時候，我們各自躺在床上看電視。室友突然說：聽聽！什麼聲音？是不是老鼠被粘住了？又讓我起來去看。我說：剛剛看還沒有呢，老鼠沒有粘住，你都快神經質。室友關了電視。果然聽見有聲音，我們從床兩頭蹦起來去看，哈哈！哈哈！一隻大老鼠被粘住了。明天不用冒著酷暑去農村買老鼠藥！老鼠的四條腿都被粘住了，嘴也粘在上面。身子倒向一邊，正在全身用力竄。室友吩咐我把它消滅掉。

我卻突然不敢了，看著被困在上面瞪大眼睛掙扎的老鼠，好可憐！不忍心把它打死。室友也看到這個場面，見我猶豫不決，就說：你總不能把它放生吧！老鼠可是害蟲，要不你把它丟到樓下垃圾桶去。我佯裝不知問室友：老鼠是害蟲嗎？「廢話，兒童常識。」室友怒。

我別無選擇，只好把牛皮紙合起來，用膠裹住老鼠。臨出門時再次問室友：老鼠是害蟲嗎？室友道：懶得理你！

感謝英才

轉身間，離開英才學校幾年了，原以為私立學校的教師隊伍都是鐵打的營盤流水的兵，走了就走了。然而幾年來我卻有著割不斷的思念和牽掛，那一草一木，那棵神奇的五指樹，那些兄弟姐妹般的同事們。還有學校對我的關懷，讓我難以忘卻……

大學幾年讀光了家裏所有的積蓄，畢業的時候還欠學院幾千元學費，學院不但扣發我的畢業證，還在一天天增加滯納金。剛到英才學校上班不到一個星期，我就想試試能不能向學校先借錢還上。記得當時自己都不好意思開口，寫了個條子叫一個同事遞給袁校長，沒有想到第二天財務科就通知我去辦理借款手續。那個時候真的是感動且感激著，學校對我的信任讓我沒有理由不好好的工作。這件事一直讓我銘記在心裏，現在還想說聲謝謝！

九月份，學校給了我人生中第一份薪水，691元。雖然錢不多，但這是我第一次拿工資，終於可以養活自己。袁校長還給每一個教師寫了一封信，這封信我一直珍藏到今天，信裏寫道：「你在英才的開始是一張潔白的宣紙，寫什麼字塗什麼畫全靠你自己……」。現在回頭想一想，還是感到很抱歉，畢竟自己沒有給英才學校做出什麼貢獻，有時還惹了很多麻煩。在這張潔白的宣紙有著很多的敗筆。年輕人都容易犯的毛病我也不例外，心高氣傲、眼高手低、浮躁、直至很幼稚。總以為自己的薪水太少，總以為領導不重視自己，總以為換個天地就有自己的一片天下。讓我醒悟的是一次開會，領導在會上說：「你們不要總是吵著加薪水，要擺正自己的位置，要看看你到底值多少錢。」這句話讓我一直銘記在心裏，自己不用成績去證明自己的價值，又有什麼理由要求提高自己的薪水呢？我的位置今天是我的，明天也可以換成別人。於是小心翼翼地守著這份工作，儘管明白這不是我永久的位置，但我一直十分珍惜。

剛上班，年輕氣盛，還沒有改掉在大學裏的個性，以為會亂塗鴉，很是張揚。長長的頭髮，奇裝異服，甚至反穿著衣服。做好了學校找我「麻煩」的準備，然而學校沒有。只是張校長多次找我談心，給我鼓勵，讓我不要浮躁，專心教書，搞好自己的專業。說了一句讓我印象非常深刻的話：「也許你明天就不在英才學校上班，但你今天的成績永遠都是你的」。學校的寬容讓我感動。

剛去英才學校的時候只是一個大學畢業生，三年來，在學校領導和老師的幫助下，讓我逐漸成長，也取得了一些成績。帶了三屆美術高考，讓很多學生走進了美術院校。參加過很多省、市的比賽，獲得過獎勵。積累了一定的教學經驗，也正是這些經驗才讓我成功的考人一所市直屬學校。

記得要離開學校的時候，心裏很是傷感。整個一個暑假都呆在學校，懷戀在學校的一千多個日子，捨不得情同手足的同事和那些可愛的學生。走的時候向袁校長告別，袁校長叮囑我：「到一個新的學校要改掉自己的壞毛病，要靜下心來好好工作，這幾年來你……」。原來學校一直在關心著我！原來學校在關注著每一個教師！

「英才」，謝謝你，願你的明天更加美好！

溫暖如雪

清晨，我被朋友的電話驚醒，「起來，打開窗外，看外面！」似乎是不可抗拒的語氣。呵呵！窗外，白茫茫一片，下雪了，真的下雪了，整個世界一片銀裝素裹，今年這場雪事來得太早啊！儘管寒冷，但這樣的雪足以讓我們興奮。雪紛紛揚揚一直到下午，校園裏處處彌漫著雪的倩影，學生彷彿迎來一個特別喜慶的日子，打雪仗、對雪人，奔跑著、吶喊著，雪的世界沸騰了，我似乎也一整天都沉浸在下雪的喜悅裏。

該是在學生的吵鬧聲中，我突然想起那個地方，那個沉靜的小院子裏肯定也迎來了一場雪，那兒有下雪的喜悅嗎？那兒也有孩子的歡呼聲麼？我的眼裏出現了籐椅上那個蒼老的背影，渾濁的目光；那個智殘的，孤伶伶坐在凳子上一臉茫然的孩子；還有那跟在我們後面奔跑，只會揮著手，呆滯的表情。

接著又是一夜的雪，整個世界已經被這冰清玉潔的雪籠罩著。沒完沒了的下，昨天的雪未融化，低溫讓地上凍起一層冰雹，厚厚的積雪踩著咯吱咯吱的響，這該是最美的雪景了。不斷接到朋友們的電話，去爬山踏雪、去公園拍照、去茶樓賞雪，我拒絕。還是想起那個小院子，想去看看。

買點水果，帶上相機，一個人踏著雪，去那個我牽掛的地方。不遠的路程，就看見白雪皚皚中的小院子，一樣的下著雪，只是很冷清。院子裏沒有一個人，門都關著，雪讓院子更顯孤寂。我踩著自己的腳印向院子延伸，一間門開了，傳來了我聽不懂的聲音，還是那個小孩，跑過來，對我揮著手，就像上次送我們走一樣，只是這次更高興，拉著我的衣袖，指著漫天飛舞的雪花，咿咿呀呀的叫著，我告訴他雪花很美，他指著後面我走過來的腳印，讓我轉身，他跑過去，用腳踩著雪地上我的腳印，故意搖搖晃晃地走過來，天真的孩子，叫著，笑著……笑聲打開了幾扇門，我看見上次的那幾個老人在門口張望。我走過去看望老人，給他們水果，一個老人認出了我，握著我的手，讓我進屋坐。

是雪讓院子寂靜還是寒冷讓院子沒有一點聲響，老人和孩子們都縮在屋子裏取暖，有的在床上躺著，有的坐在火桶裏看電視，那個智殘的孩子仍舊坐在一個角落，沒有一點聲響，我給他蘋果吃，他不看我，目無表情，把蘋果放到他手裏，跌倒地上，還是福利院的工作人員讓他拿起蘋果，給他披了一件大衣。一直跟在我後面的是那個迎接我的孩子，咿咿呀呀地說不停，高興的模樣。我拿起相機，指著門外，用手指做拍照形狀，他似乎明白了，叫的更歡，還用手拽著一旁的老人。

我邀老人和工作人員一起拍雪景，那個孩子早已經跑到雪中央，用腳在雪地上踩著圓圈，跳著自己的舞蹈，孤寂的院子似乎因他而歡樂起來，老人們也深受感染，走到雪地裏讓我拍照，雪依然飛飛揚揚。雪花，幸福的落到老人、孩子的臉上，鑽進我的鏡頭裏。

突然我被人用雪團砸了一下，他早已經跳開了，對我搖著手，握著雪團，挑釁的看著我笑。呵呵！孩子的遊戲，做個遊戲也許很溫暖，我接受他的「挑釁」，將「戰鬥」打響，一開始是我們兩個人，後來他故意把「戰事」惹到別人身上，我「慫恿」老人們接受挑戰。於是，一場雪戰在院子裏拉開了，老人、孩子、工作人員和我愉快地投入到這份快樂的遊戲中。不經意中，我看見那個智殘的孩子在門口看著我們，我丟他一個雪團，他還是那樣沒有表情的看著，這份喜悅應該是走不進他的世界。

回去的時候，在滿地的歡喜中，還是他送我，跟在我後面搖著手，依依不捨。是的，我亦如此，不會忘記，這個下著大雪的日子，我們曾在小院子裏用雪取暖。

讀書的姿勢

喜歡讀書，從小就是。讀那種小人書，坐在牛背上或者放學路上邊走邊看，父母管得太嚴就有了躲在廁所看書的經歷，估計這是我最初的讀書姿勢。

上大學時應該是我讀書最舒暢的時候，每天課程少，大把大把的時間讀書，最常用的姿勢就是坐在圖書館書桌前看書，有時就在書架旁，拿到書，打開，蹲在地上看起來，看到雙腿麻木或者是到了吃飯時間才離開。這是我讀書最多的一段時間，毫不誇張的說，幾乎把學校圖書館書都讀了一遍，當然，專業的書除外。這些時候讀書似乎是不講究姿勢的，能看書就很滿足。

以什麼樣的姿勢讀書？思考這個問題是因為讀書被妻罵了一次，那是週末，吃完午飯，便拿起一本《散文》，斜躺在沙發上，順手拿起一個枕頭墊在後背，把雙腿放在不遠處一個沙發凳子上，左腿壓著右腿，左手從上方向後握著托腦勺，右肘襯在沙發邊緣，右手舉著書，看著。習慣這個姿勢，一是可以抖動腿，二是容易睡著。妻受不了，說你這簡直是玷污了書，哪有你這樣讀書的姿勢。我反問妻子，那你說讀書該是什麼樣的姿勢，妻子不屑回答我的問題。我卻思考起來。

讀書，需要什麼姿勢？

在家讀書似乎沒有什麼講究，坐在沙發上，書桌前，或者搬一把椅子到陽臺。當然，也有很小資情調的，煮一杯咖啡，坐在陽臺上，聽著輕音樂，曬著陽光，很愜意。我也試過，總感覺沒有斜躺在沙發上翹著腿舒服。還有特別嚴肅的讀書姿勢，一次在一個老作家家裏看他讀書，坐在自己的書房裏，桌前泡杯茶，戴上老花鏡，挺直腰板，一臉嚴肅，目不斜視。

其實我很羨慕那些在新華書店讀書的小孩子，在書架前看到自己喜歡的書便一把拿起了，一屁股坐到地上毫無顧忌地讀書，有時候三五成群的坐在地上，擋住了路，別人也不會趕他們，都會輕輕地繞著走，偶爾會聽見孩子們突然發出笑聲或者「啊！」的驚歎聲。一次在超市看到一個孩子讀書深感佩服，他自己坐在推車裏面，打開靠把手一邊的門，上面放書，雙腳從裏面伸出來，單腳著地掌握力度，前進或後退，太舒服了，也把推車用到了極致。

愜意地讀書往往也是城市中的一道亮麗的風景線。草坪上、湖畔和幽靜的小樹林中，讀書者或坐、或靠、或躺、或俯臥讀書的樣子比比皆是。廣場、公園的長椅、商場門外總是有好學者、閑候者捧書或坐、或站、或溜達著靜讀。這樣的讀書很休閒，如其說是讀書不如說是一種生活方式。

還有一種太愛讀書的人，我們經常說的「書癡」也是有的，拿到一本自己特喜歡的書，不顧一切的看起來，走在路上、坐在車上、吃飯桌上等等。經常可以看到捧著書在行色匆匆的路人中忘記自己的讀書人，這些人群學生比較多，常一不小心撞電線杆、樹、行人身上，當然，電線杆、樹、行人都很容易接受道歉的，畢竟讀書是件美好的事情，只是習慣不好而已。

還有更不好的讀書姿勢。大學裏最受不了的就是一個室友的讀書習慣，此君兩個標準讀書姿勢：一是喜歡躺在床上看書，必定要脫掉鞋、襪子，然後躺在床上雙腿交叉，十個腳趾頭就開始一個一個相互磨蹭，還特認真，有條不紊的用一個腳趾頭磨蹭另一個腳趾頭，那味兒令人窒息。二是雙腿盤坐在床上，也必定要脫掉鞋、襪子，把書放在兩腿間，一隻手放書頁，另一隻手就開始摳腳趾甲，從大腳趾開始輪流著，摳得不順利，就會停下來，眼睛離開書本看看現狀，然後喊張三，把你的指甲鉗借我用一下，嘴裏嘮叨，我就不信治不了。其實這些和讀書姿勢沾邊的讀書習慣還是要改的，尤其是公眾場合總是不雅，再說也不衛生嘛。

一本書就是一個世界，讀一本書就是用心靈去感受一個世界，至於用什麼樣的姿勢去感受，我想能夠給我們一個美好境界的讀書姿勢都是美麗的，這些姿勢曾經美麗過，還將繼續美麗。

大學趣事

近日，單位新來一同事，聽說剛大學畢業，巧的是竟然和我是校友。於是本著大師哥對學弟的關懷特意和他聊了一會兒，情不自禁地聊起了母校，當他知道我是藝術系畢業，欽佩不已。他說：「你們藝術系真有個性，學校的奇聞軼事大部分都是你們弄出來的，到現在還流傳著你們的笑話呢？」聽他這麼一說，我也忍不住笑起來，想起我們曾經製造的那些校園趣事。

大一的時候，學校各系還上晚自習。為了管好紀律，學校派專人負責檢查各班晚自習情況。雖然輔導員多次警告我們晚自習要認真，不要給系裏惹麻煩，但我們依然我行我素。

某個晚自習，我們正在教室各行其是，值班老師突然撞進來，儘管班長「噓」了半天，但已經來不及了。看到眼前慘不忍睹的情景，值班老師無奈的搖了搖頭，象徵性的問一下：你們是藝術系99（1）班？就在門邊記了一堆走了。

第二天上課，輔導員鐵青著臉走進來，滿臉的憤怒和緊鎖著眉頭與他風流倜儻的外表實在是極不相稱。二話不說叫起班長丟過一張紙條讓他大聲讀一遍。

於是班長那渾厚粗曠的北方口音立即在教室裏響起來：藝術系99（1）班，一人睡覺，二對談戀愛，三個織毛衣，四個「鬥地主」，五個抽煙，六個缺席……

眾人哄笑。

大二，某日凌晨四點我的兄弟幾人上通宵網回來。校門緊閉，依舊翻牆。正在「團結互助」的時候，幾聲「不許動」，一批聯防隊員從天而降，幾許強烈的白光照射在我們蒼白的臉上，我們嚇著哆嗦，齊聲高呼：「我們是良民」，瞭解實際情況以後，他們說要做個筆錄，我剛說出了班級，忽然想起如果讓輔導員知道那獎學金還不泡湯了，看到對面的兄弟李剛便說：「我姓李……」李剛一聽，大眼瞪著我，我忙說：「我叫李白」，算是急中生智，實在想不起還有姓李什麼的，後面的兄弟立刻心靈神會，自報家門說：「我叫杜甫」，哪個「甫」？聯防隊員認真地問。杜甫的「甫」，兄弟犯傻了。我知道你叫杜甫，我是問你哪個「甫」，兄弟只好說輔導員的輔除掉「車」字旁。聯防隊員「哦」了一聲嚇了，後面的幾個兄弟也瞭解了他們的實際情況，便陸游、王維、白居易的叫起來。聯防隊員一一記下來，還惡狠狠地說明天告訴你們系主任。

回到寢室，整個宿舍樓笑聲一片。

第二天，我去系辦公室彙報學生會工作情況，只看見系主任接了一個電話，「什麼？」「派出所」「我們系的人？」「叫什麼名字？」「你等一下，我記一下。」「可以了，講吧！」系主任邊說邊拿起筆「李……白，杜……甫，陸……遊」「你這什麼名字？好了好了，我知道了，唐代的詩人都到齊了。」掛了電話。

捧腹大笑間我看見系主任也在偷著樂。

大三的時候，學校申報重點。某日，接到通知：今日中午有省電視臺來食堂採訪，請各系同學就餐文明，樹立我校良好的大學生形象……

果然，中午吃飯的時候，整個食堂鴉雀無聲，排隊有序，就餐文明禮貌，就連退出食堂也相互謙讓一番。

第二天，系主任把我們班一對戀人叫走了，我們以為這兩人又出事了，一打聽才知道，在昨天晚上新聞聯播中，依稀看見二人中午在食堂吃飯相互餵食的情景，偏偏最後還拉了一個近鏡頭，聽說系主任臉都氣歪了。

暴動的雪，擋不住回家過年的路

臘月二十五，我回小城辦事。

早上七點，就在老家門口的馬路邊等車。地上的積雪已經很厚，足有三十多釐米，馬路上結了厚厚的一層冰，像個天然溜冰場，很滑。早過了發車的時間還不見客車的影子，我一個人在路邊欣賞這清晨銀裝素裹的世界，整個村莊、田野、樹木全被白雪籠罩著，空曠的馬路向遠方延伸，也是一片銀白。本來是一場美麗的雪景，現在卻是百年不遇的一場自然災害，恰逢年底的春運，冰雪阻礙了交通，也影響了許許多多的人回家過年。

漫長的等待，我看見一輛在城裏才能常見的綠色計程車慢慢地開過來，開始我以為是縣城的計程車，近了一看嚇一跳，車牌號竟然是浙江寧波地區的，天啊！這計程車跑了多少路，肯定是誰從寧波包車回來的。新聞上早就說了因冰雪災害，很多客車都停運了，這些人竟然從那麼遠的地方包計程車回家過年。不一會兒，又有幾輛江蘇、福建、合肥等地方的計程車開過來，車上擠滿了人，後備箱裝著高高的行李，無疑是那些常年不回家的農民工回來過年。

許久，竟然等到了一輛小城的回頭計程車，50元，在這個時節應該是很便宜。坐上車，司機告訴我，他是昨天下午出來的，已經開了整整16個小時了，路上因下雪、堵車、冰凍等等根本無法正常行駛，速度很慢。果然，一路上冰雪很厚，司機很小心的駕駛，車子還不時的打滑，一剎車車身就難以控制。不一會兒，就遭遇堵車，司機告訴我一路上都這樣，只要一輛車停了，後面就排起了長龍，都不敢超車，尤其是那些物流貨運的長途車，在外面跑了很多天，沒帶防滑鏈，稍不留神就打滑，無法行駛。

下午三四點的時候，雪開始越下越大，大片大片密集的雪花瘋了似地拍打著車窗的玻璃，平時總共二個小時的路程，現在車子隨著長龍才慢慢地向長江大橋靠近，開不了幾百米，就會堵住，讓對面的車子挪個位置，也是在那兒看到了我一輩子都難以忘記的一幕：一開始我發現對面不時有幾輛摩托車在雪中艱難地搖搖晃晃地騎過來，心想這些人真的不要命，這樣的雪天竟然騎車，太危險。果然，一輛摩托車在讓車的時候就摔倒了，我看見騎車的人半天才爬起來扶車子。我隨口說句「這些人，幹嘛要騎車子，不要命啊！」，司機告訴我：「這些都是在江浙一帶打工的農民工騎車回家過年，昨晚我就碰到許多。」不可能吧！那多遠，這雪天，騎車回家？你開玩笑吧！「真的，他們都騎三四天了，有的都一個星期了，沒日沒夜的，你看那些牌照。」司機說。我打開車窗，真的是浙江的牌照，不遠處，還看見一個摩托車隊慢慢地開過來，哪是在騎車啊！他們都叉開雙腿，用兩隻腳掌握平衡，搖搖晃晃地在溜車，慢慢地穿梭在客車中。我仔細地看著這些人，大多穿著羽絨服，帶著頭盔，渾身包裹嚴嚴的，滿身的泥垢，許是路途太遠，一臉的疲倦和憔悴。車子後座上都綁著小山似的行李，該是帶回家過年的衣服或年貨，有的後面還帶著個女的，同樣打扮。還有的摩托車竟然坐了三個人，中間坐個小孩，一家三口。

我忽然無比的感動，這些農民工，不遠千里，在這個極其惡劣的冰雪天，幾天幾夜，就是為了回家過年？我看著這群隊伍，朝聖般的虔誠，滑著，推著，摔倒了，爬起來，麻木的表情，有的就一屁股坐到雪地上就勢喘口氣，太累，一個人扶不起來那麼笨重的車子，旁邊認識的不認識的就會停下來幫忙，無言，沒有一句話。許多汽車都在給他們讓行，遠遠地靠在一邊，有的行駛中遇見他們就停下來讓路，還有的司機指引著他們在汽車中穿插，跳下來幫他們扶起車子……

車子開過去的時候，我扒著車窗向後看，雪中，這群白色的隊伍還在慢慢地挪動，遠遠地，看不清路了，仍見許多白點子在我的眼前晃動……

雪，越下越大，似乎瘋了，然而，暴動的雪，肯定擋不住他們回家過年的路。

回老家過年

大雪紛飛，一片潔白的世界，我在雪掩飾的窗內敲打文字，突然接到朋友發來一條祝福新年的資訊，翻一下日曆，才發現只有十幾天就要過年了，如此的接近年，是我沒有想到的。在這個白雪皚皚的冬日，意料之中的年像一聲突如其來的春雷劈開時空的間隙潮湧般滾來，夾雜著我似曾熟悉的年味兒。雖然如今年味兒是越來越淡、越來越遠，早已不是兒時心中的那個年，但年仍是一個美好的祝願，一個全新的期盼。

記憶中的年是在除夕之夜四處尋找沒有響著的爆竹，是跟在父親屁股後面貼滿門的大紅對聯，是偷吃母親正在揮汗如雨地趕制的炒米糖糕，是大年初一母親給我穿的新衣裳，是咯吱咯吱踩著積雪穿著新衣服挨家挨戶的擠著給人拜年，是長輩們給的那嶄新的壓歲錢……這些，在我心中就是最初的年吧。

記得過年是父母最忙碌的時候。母親似乎有做不完的事情，一進臘月母親就開始忙起來準備著過年，臘八那天是要清理家裏的所有衛生，然後開始洗被子，接著準備趕制炒米糖糕，炸一些年貨，母親會自己在家裏製作豆腐和一些豆製品。直到除夕夜，母親還是忙碌的，我們吃完年夜飯就去玩耍，母親就開始洗涮鍋碗，煮茶葉蛋，燉大年初一早上喝的雞湯。父親主外，上街精心挑選春聯、買祭祀用的「三牲」、準備年貨，經常都是我們在家門口等著去鎮上買年貨的父親回家吃午飯，然後一起看父親又買了什麼。父親偶爾會奢侈一下給我們買紅酒，買煙花，買「開門炮」。

紅燒肉誘人的味道是兒時年給我最美的回憶，那是年味兒最美的遐想。兒時家貧，逢年過節都很難吃上豬肉，但我知道過年是肯定有肉吃的，因為過年要用三牲（雞、豬、魚）敬天祭祖。每次祭祀結束以後母親都會燒碗紅燒肉，用家裏自製的黃豆醬燒得暗紅暗紅的，油膩膩的，香噴噴的，遠遠的就能聞到那誘人的味道。直到今天我還執著的認為母親燒的紅燒肉是最好的一道菜。大年晚上是可以吃幾塊紅燒肉的，父母也不會責怪，但我知道父母是捨不得吃的，這碗紅燒肉每每都要留到元宵節以外，每天中午母親都會把它在飯頭上熱一下擺在桌上，似乎這象徵著過年，有客人來吃飯的時候也是這樣。記得每年到最後都是我們兄妹實在忍不住把它瓜分了。到今天，紅燒肉還是我的最愛，它讓我想起兒時的年和有關童年的記憶。

關於「壓歲錢」有一個傳說的故事。傳說古代有一個叫「祟」的小妖，黑身白手，每年除夕夜裏都會出來，專門摸睡熟的小孩的腦門。小孩被摸過後就會發高燒說夢話，最後也就變成「祟」。後來人們就想辦法，將銅錢放在孩子枕邊來驅趕「祟」，於是「祟」不敢再來侵擾了。因「歲」與「祟」發音相同，就被稱為「壓歲錢」。但這似乎與我無關，吃完年夜飯我就急切的纏著父母要「壓歲錢」，這可是難得一次「富有」的機會。記憶中，在我還不知道錢怎麼用的時候，每每過年父親是要給我很多很多「壓歲錢」，都是一張張嶄新的十元人民幣，那是家裏一年的全部收入，但大年初一父親肯定都會統統沒收。後來上學了，知道「壓歲錢」是可以換鞭炮、饅頭、小人書的時候，父親給的「壓歲錢」就陡然變少了，不過是兩三元錢。

如今，在櫛比林立的高樓大廈，在柏油和混凝土製造的馬路，在冷漠的城市面前是尋找不到兒時的年味兒。於是，從明天開始，回老家過年。

唯一

陪女友逛街，女友看中了一件全手工製作的旗袍，當然價格不菲。營業員還在一邊不停的「誘惑」：這是小城唯一的一件，看您穿的多麼合適，簡直就是為您量身打造。女友沒有猶豫就買下了。看著女友美滋滋的表情，我問她：這麼喜歡這件旗袍嗎？女友嫵媚一笑：男人，這是唯一呀！呵！唯一。是啊！誰不喜歡唯一，可最喜歡的莫過於服裝店的老闆了。

戀愛時候，女友要我給她一個很重的承諾，保證彼此唯一。我告訴她：在違背唯一和失去我的生命之間，你寧可這個世上沒有我也不願意失去你的唯一嗎？女友無話可說。「就是你丟了唯一一百次，我也不願意你的身體有任何傷害。何況生命！」我對她說。女友說她其實只是想要我的一個誠心和保證。可這管用嗎？只有走過這一生，才知道是不是唯一，也才知道唯一在每一個人心中的衡量標準。

想起曾經的一個故事，我們幾個人在一起吃飯。期間，小張和他的女友表現極其親熱。小張還說他和女友感情非常牢固。我就想試一試。且作酒席上的笑料。首先我讓他女友承諾以下的回答都是內心真實的答案。然後問她：如果有人給你一千元讓你背叛小張，你願意嗎？她斷然拒絕。一萬呢？我問她。應該不會的，她說。一百萬呢？我看著她問。我不知道，我們不要玩這個無聊的遊戲好嗎？她有點緊張。現在有人給你一千萬，真的，你想清楚。我盯著她的臉問。我，我……我應該會的。她看了小張一眼，哭了。酒席上的氣氛很沉重，而這只是一個假設。我看著難堪的小張，安慰他說：其實，我們在場的每個人誰敢說自己在一千萬面前不動搖呢？至少我會動搖。

我不敢拿這個遊戲去測試我的女友，或許她「唯一」的底限還沒有一千萬。其實這個社會裏哪有真空的愛情，在這個物欲橫流的世界，愛情固然重要，可麵包呢？何況有著豪宅、香車、美女的「麵包」？我不知道梁山泊和祝英台如果在這個社會，還有那麼可歌可泣的愛情嗎？

每個人都喜歡唯一，因為唯一就會與眾不同，可唯一的代價也很昂貴。一件旗袍如此，何況一段愛情，何況人生。

外婆的村莊

假期裏，母親讓我陪同她一起去外婆家。外婆家在山區一個偏僻的小河旁，雖然不遠，但坑坑窪窪的土路坐上三輪車也要顛簸一個小時。兒時那條小河曾是我的樂園，佔據著我童年記憶的一部分。但長大後我就不再想去了，崎嶇的山路，三輪車震耳欲聾的「吶喊」，沒有電話、有線電視、網路，經常停電。日出而作，日落而息，世外桃源般的孤寂。這些讓我望而卻步。

想到有十幾年沒有去看年近九十歲的外婆，也擔心母親暈車。於是陪同母親一同前往。依舊還是那輛破舊的三輪車，車上坐了七八個人，還有一些化肥飼料等等。剛下過雨的山路高低不平、坑坑窪窪，路上還有不少積水。坐在車上要牢牢的抓住車身，雙腿用力撐著。否則一個顛簸就有可能撞上車頂。沿途的風景依舊，路過的村莊除了偶爾冒出幾棟具有農村特色的樓房外，幾乎沒有什麼變化。想起我所居住的小城，日星月異，大刀闊斧的在造房修路，一不留神就會迷失了方向。而這兒，十幾年了還能和我的記憶吻合。

遠遠的就看見了外婆的老屋，還有周圍的一些果樹。旁邊的小河裏停泊著幾艘小船，坐在門口的那個乘涼的老人應該是我的外婆。外婆聽不見我喊她，母親大聲的和外婆打招呼，把我推到她面前說這是孬子（我的小名）啊！終於，外婆聽見了，想起來了，呵呵笑！孬子長大了，胖了……我看著外婆，外婆老了，真的老了。行走不方便，躬著腰，拄著拐杖。村莊的變化寫在外婆的臉上。趁著母親和外婆聊天的時候，我一個人去村子裏轉轉。村子裏都是一些老人在家，年輕的人都去外面打工了。整個村子很安靜，河邊有幾個婦女在洗衣裳，還有一個在汲水。我還在河邊的一棵老樹上發現我小時候刻的幾個歪歪斜斜的字——「孬子到此一遊」。我彷彿來到世外桃源，又彷彿回到兒時的記憶中。

晚上我陪著外婆看電視，這是村子唯一的夜生活方式。外婆說現在不怎麼停電了，電視也能收到好幾個台。我看著這個「朦朧」的十四英寸黑白電視機，不知道說什麼好。看到新聞聯播的時候，外婆突然問我：真有那麼高的樓嗎？怎麼有那麼多的車子？電視裏的都是真的嗎？我無語。我好想把外婆帶到城裏去看看，我很想把村子裏的所有老人都帶到城裏去。城裏有電梯啊！城裏真的有那麼多的高樓大廈！我不知道農村裏還有多少個像我外婆這樣的村莊？不知道還有多少人過著世外桃源般的生活？不知道還有多少人住著土房子？目前國家正在轟轟烈烈的進行新農村建設，何時才能建設到我外婆的村莊？

賺的是手藝錢

小區門口有間縫紉店，一對中年夫婦都是裁縫。整天在店裏不停的做衣服，生意應該不錯。男的有點像巴西的球星羅納爾多，胖胖的，看上去很忠厚。偶爾我路過店門口還能聽見他在哼著小調：「我愛你，愛著你，就像老鼠愛大米……」一邊哼著一邊忙著手中的活。女的很少講話，總是低頭踩著老式的縫紉機。

週末，我發現準備穿的一條褲子短了一些，便拿到小區門口的縫紉店改一下褲邊，女的丟下手中的活幫我改褲邊，男的頭也不抬在縫紉一條西褲。我急著拿褲子，就站在店裏等。店很小，應該不到十個平方，一面牆上掛著一排布料，另一面牆上掛著許多做好的衣服，窗戶正對著我們的小區。店裏放著二台老式縫紉機，還有一個熨燙的臺子。站在裏面勉強能夠轉身。我沒事便跟男的搭腔：這條西褲做的不錯啊！要多少錢？「布料加工錢共45塊。」男的抬頭看了我一眼。我突然想起來自己好象從來沒有做過褲子穿，都是買的品牌褲子。於是，我說也想做一條穿著試試看。男的見我真的要做褲子，一下子來了興趣。忙說：「買的褲子很貴，又沒有做的穿著舒服，我做了幾十年衣服，包你穿著滿意。」並站起來給我介紹布料。我還真的動心了，好奇吧！也確實省錢。便選了一匹布料，男的說：「這匹不錯，很洋氣，穿起來很挺。」一旁在改褲子的女的看了一眼，沒吱聲。男的拿著皮尺給我量尺寸，又開始「狼愛上羊啊！愛得瘋狂……」的哼起來。早已不是老鼠愛大米了。量好衣服我掏出錢包問多少錢，男的說：「45啊！都是熟人，一個價。」我給了他一張五十的人民幣。在幫我往袋子裏裝褲子的女的突然說：「40塊就夠了，這個布料差一點。」男的瞪了女的一眼。我對男的說：這個布料差一點你怎麼能收一樣的錢呢？男的似乎怕我不要了，不停的說其實並不差，只是顏色不同。找我十元錢，讓我過幾天拿褲子。出門的時候我聽見男的在罵，「你神經病啊！五塊錢沒了。」女的小聲說：「我們賺的是手藝錢。」

前天下班去拿褲子，一眼看見我的褲子掛在牆上，果然做工不錯。男的讓我穿上試試，說周圍的人都說他做的褲子好穿。穿上去試出毛病了，雖然合身，但褲子明顯短了。男的很納悶，又拿起皮尺在我身上量了一下，再看看那天本子上的記錄，發現寫錯了。都是「狼愛上羊啊！愛得瘋狂。」惹的禍。男的很尷尬的問我：「可不可以把褲邊改長一點？你看，我都做好了，沒辦法。」我只好讓他改著試試。女的一直在看著，這時說：「別改了，你個子矮，留著自己穿吧，重做一條。」男的凶起來，「做你的事，媽的，留著你穿啊！」空氣緊張起來，我無語。女的又走過來說：「別改了，重做吧！」男的盯了她一下，不理她。我怕他們吵架，就勸女的，讓他改著看看吧！女的突然抄起剪刀一下子剪了褲子，男的順手給了女的一巴掌。罵道：「臭娘們，找死啊！不要錢啊！」女的竟然沒有哭，坐回自己的位子，淡淡的說：「新做的褲子就改，讓人家怎麼穿？兩條褲子的布料四十塊夠了，就是白搭了工錢，我們賺的是手藝錢。」並讓我過幾天再去拿褲子。

我們賺的是手藝錢，我很欣賞女裁縫這句話。

別和孩子賭氣

週末，我正在鍵盤上敲字的時候，突然聽到對面樓上傳來吵鬧聲，一個小女孩和她媽媽在爭吵。不知道為了什麼事情，小女孩把自己反鎖在家裏，她媽媽在外面拼命的打門，嘴裏在喊：「開門，你給我開門。」小女孩在裏面哭著說：「你打不打我？你打，我就不開。你不打，我就開門……」她媽媽應該是氣憤極了，嗓子都沙啞了，一邊用腳踢門，一邊喊：「死丫頭，你給我開門，等一下老子打死你。」小女孩更害怕了，重複著那句話：「你打不打我？你打，我就不開。你不打，我就開門……」

小女孩肯定是曾經被媽媽打過，要不然怎麼會把自己反鎖在家裏，雖然害怕，但就是不開門，其實她應該知道就是媽媽暫時答應不打她，開了門還是要挨打，但小女孩沒有別的辦法。可她媽媽就是不鬆口，根本不答應她，嘴裏還在罵：「你不開啊！老子把門踹開，進來打死你，死丫頭！你把老子氣死了。」女孩很無助，哭著：「你打我就是不開，你說不打我啊！」我索性站在陽臺上看著這一幕，透過樓梯視窗，看見女孩媽媽像瘋了似的，頭髮凌亂，滿臉都是汗，用手腳拍打著門。小女孩應該非常害怕，哭得更凶，但就是沒開門。

我突然擔心起來，這樣鬧下去，小女孩會不會做傻事，經常在媒體上看到這樣類似的情況：小孩害怕父母的毒打，爬窗戶……畢竟她太無助了，沒有人幫她。她媽媽真的不應該跟女兒賭氣，脾氣再大也不能這樣嚇孩子，更不能和孩子一般見識，賭氣。這時我看見左鄰右舍的人都出來在勸小女孩媽媽，應該是有人也和我一樣擔心，小女孩媽媽突然改口了，「開門，我不打你了，你在幹嘛，快開門！」小女孩立即開了門，但還是被打了一頓，我們都聽見門關了以後，小女孩就哭著在喊：「你說不打我的，你說話不算數，我知道你要打我……」

我很想去指責小女孩媽媽的粗魯、說話不算數。何必非要跟孩子賭口氣呢，把孩子打了一頓，自己氣消了，可對孩子的傷害又有多大？孩子下次還敢開門嗎？孩子還會再相信媽媽嗎？

想起前幾天同事告訴我的一件事：她讀一年級的女兒放學回家告訴她，英語老師要她們回家把剛剛學的十個單詞各抄二十遍，本來是每個單詞抄五遍，但學生都在起哄，說太多了，於是老師一氣之下就要求每個單詞抄二十遍。「都抄了嗎？」我問同事。「事情還沒完呢！第二天有十幾個同學沒有抄完，老師又罰她們回家再抄五十遍，最後還是許多家長去學校反應情況，事情才過去了。」同事氣憤的告訴我。

別跟孩子一般見識，別和孩子賭氣，教育孩子需要心服口服，而不要強迫孩子的意志，不要從小就給孩子心靈造成極大的傷害。

酒桌上，關於對施捨的討論

出差去小城，晚上和幾個朋友一起吃飯，喝著酒，漫不經心地聊天。我喜歡這樣的飯局，沒有大吵大鬧的劃拳拉酒，也沒有那些酒桌上流行的黃段子調侃。只是輕鬆的談心，談對一些事情的看法，聊我們都關心的一些熱點問題，甚至探討當今一些社會現象。期間，我們就談到對乞討者的施捨問題。

話題的起因是朋友趙的公事包裏總是放著一把硬幣。趙說：「我出門總是在包裏放一些硬幣，在街上給那些向我要錢的乞討者。」於是在酒桌上，我們就要不要給乞討者錢的問題展開討論。

趙說：「對於那些弱勢群體我不能給他們一定的物質幫助，我能做到的就是給他們一元硬幣，尤其是對那些在街上抱住你的腿不停地磕頭的乞討者你實在不忍拒絕，他們真的很可憐。」趙本就是一個溫文爾雅、心地善良的人。

一旁的朋友吳立即持反對意見，他說：「在小城的大街小巷經常能看到一些衣衫不整、蓬頭垢面的乞討者，他們常常伸手向行人要錢，甚至會抱住行人的腿讓人寸步難移。不給錢不讓走，其實他們大部分都是「職業乞丐」，正是利用民眾的善良和同情心來索取錢財，以達到致富的目的。我們堅決不能給他們錢財，以免助長行乞日盛的現象。遇到這種情況，我們可以送他們去救助站，或者給他們一些食物和衣物。」

坐在吳對面的朋友王說了他的施捨標準，他說：「遇到那些殘疾人或者是無生活能力的老年人我會豪不猶豫的幫助他們，因為他們自身沒有生存能力。對於那些四肢正常的流浪漢我是不會給他們錢財的。」

吳說的利用民眾的善良和同情心來索取錢財，讓我想起一件事。我告訴他們：有一年我在南昌火車站坐車回家，正在排隊買票的時候，突然旁邊一個小孩沖過來雙手抱住我的腿，沒等我反應過來，他就「咚、咚、咚……」地磕起頭，嘴裏念叨：「給點喲，給點喲……」那個響啊把我嚇的直哆嗦，慌忙給他一塊錢，急著想看他的額頭有沒有磕破。沒有想到小孩拿了錢又磕起來，嘴裏念叨：「再給點喲，再給點喲……」我趕緊又給了一塊錢。他還是不走，而且我發現他額頭一點事都沒有。這時在我前面排隊的中年人喊，再不走把你送到派出所去。小孩才走了。我感激的對中年人說謝謝，再磕下去我的火車票都會給他的。中年人讓我不要理他們，小孩都是大人帶著做「乞討」生意的。所以，我說那些追蹤、下跪的乞討者其實就是在試探我們的善良和同情心的底線。

我問趙：每次遇到乞討者都給嗎？趙說有一次沒有給，那次趙看見一個乞討者在十字路口跪在地上抱住一個女士的腿要錢，女士嚇得用手提包想撥開他的手，沒有想到那個行乞者竟然罵她，站起來要打女士，還說她怎麼這麼小氣。趙忙上前去制止，也沒有給他錢。可見這樣的乞討者是不值得我們去同情。

吳說媒體上經常有報導，說有的地方整個村子人都在外面靠裝乞丐來騙取錢財，回家蓋樓房，甚至還拜師學藝、帶徒傳經、拉幫結夥，嚴重影響城市的市容和治安。報紙上也呼籲市民不要向行乞者直接施捨錢財，防止被不法分子利用。我告訴他們：前不久還在街上看到有個青年女子跪在路旁，邊上有個牌子寫著「求助五元路費回家」，我給了她五元。沒有想到過了一會兒在商場又看到她，還是要求助五元回家，我上去問她回家到底要多少錢。她認出我，悻悻逃走。趙說：「這是針對那些行騙者的，對於那些真實的弱勢群體我們怎麼能不給予力所能及的幫助呢？再說也不可能隨時都給他們捐贈食物和衣物。」王說：「我在街頭看到那些實在是可憐的、殘疾很嚴重的、年齡很大的乞討者，不管是不是騙子都忍不住要給錢。」

是的，面對街上那些真真假假難以分辯的乞討者，我們怎麼去仔細地分辨清楚呢？討論沒有結果。

於是，喝酒。

冬日的溫暖

在夢中醒來，走進新年的第一天，窗外還是滴滴答答地下著雨，這個冬日的雨季如此的漫長。在這寒冷的季節真想倦縮在床上，好好享受一個人的溫暖。但還是起了床，今天要去參加朋友的婚禮。

朋友在另一個小城，是我以前單位的一個小兄弟，新娘也是我的一個朋友，一直邀請我去參加他們的婚禮。於是在新年的第一天，丟下一些煩瑣的事情和嚮往的假期，前往我曾經工作過的小城。

儘管下著雨，街上還是充滿著節日的氣氛，大紅燈籠高高掛的商場，喜氣洋洋的市民，煙花陣陣。在歡鬧聲中，不時看見一隊隊婚車，花枝招展。還有看不見的坐在車子裏面肯定幸福無比的新娘，這些似一陣陣迎面吹來的溫暖感染著我。

朋友新買的房子，在一個叫「印湖山莊」的小區，遠遠的就看見窗前、門上貼著紅紅的喜字。新房裏站滿了人，都是朋友老家來的客人，還有幾個來幫忙的兄弟。我擠進去和他們打招呼，參觀新房。看見朋友的母親正在廚房下麵條，煮著茶葉蛋。忙過去道喜，老人家很高興，滿臉的幸福。說人太多招待不周，吃飯的地方都找不到。並給了我一碗麵條，放了一個茶葉蛋。早已經過了午飯的時間，路上又淋了雨，捧著熱呼呼的麵條，一下子暖和起來，這個不知是喜慶還是麵條帶給我的溫暖傳遍了全身。

下午，跟隨婚車一道去接新娘。路上跟司機聊天，才知道他是朋友學校別的班級一個學生家長，聽說朋友結婚特地開著剛買的新車來幫忙，還說結婚挺不容易的，到婚慶公司租婚車很貴，不如他們來湊個熱鬧。其實朋友確實不容易，倆人家都在農村，靠工資是買不了房子的，都是在單位、朋友那七拼八湊，加上高額貸款才有了新房。

鞭炮聲，塞紅包，敲門，穿著潔白婚紗的新娘子被朋友背上了婚車。看新娘陶醉的幸福，看新郎幸福的陶醉，這樣的場面是很能感染別人，也溫暖了這個季節。在羨慕聲中自己突然有了想結婚的願望，如此的強烈。早已經到了鑽石王老五的年齡，（別的都沒有達到鑽石王老五的條件）卻一直沒有想結婚的念頭，也許是沒有體會這份溫暖。現在卻好想也背著自己的新娘，走過紅地毯。

婚宴很熱鬧，高朋滿座。在司儀的主持下，整個婚宴都充滿著喜慶的氣氛。單位領導富有個性的證婚詞、司儀精心設計的「朋友戀愛片段」表演、還有朋友背著自己的新娘在大廳轉圈，嘴裏不停地喊著「我×××今天結婚啦！大王娶老婆啦……」等等精彩遊戲，使掌聲和笑聲一遍遍在大廳回蕩。中途去給朋友單位領導敬酒，他們也是我以前的領導，領導喝著酒，對我說：「下次要輪到喝你的喜酒了，我們一直在等著你啊！」也許領導只是客氣話，但卻讓我很感動，在那容易感動的時刻，溫暖再一次包圍著我。看新娘新郎在敬酒，幸福模樣，恨不得立刻上街拉個女子去結婚。

鬧洞房不是我的強項，但由於要給朋友拍照，我還是參合進去了。別出心裁的「折騰」花樣，一些兒童不宜的洞房節目，新娘新郎的大力配合，讓時間都曖昧起來，我們在這個冬夜感受著這份溫暖。

外面還在下著雨，新年的第一天，朋友的婚事若一聲春雷，似乎要炸開一個春暖花開的日子。

兄弟，我想死你了！

晚上在鍵盤敲字的時候，突然看見任務欄底下「大仙」的圖示在閃爍，連忙打開QQ對話方塊，「想我嗎？兄弟！」呵！又是「大仙」在「騷擾」我。看著這幾個清秀的漢字，驀然發現時間過得真快，轉眼間已經三年沒有和「大仙」見面了。索性放下敲打鍵盤的手，想起「大仙」起來……

那是02年的六月，我已經在英才學校上班一個月了。一天中午，房間來了一位「不速之客」，戴副金絲眼鏡，手裏拎著一個皮箱，看上去斯斯文文的樣子。本以為是個走錯門的，沒有想到就這樣和他「同居」了三年，正如「大仙」見面的第一句話，「校長讓我跟你睡。」這句話一直是我們調侃的調料。

「大仙」其實本名姓何，但因與「八仙過海」中何仙姑同名，所以同事便稱他為「大仙」。我和「大仙」住一個房間，在一個辦公室上班。「大仙」是一個幽默風趣風流倜儻的人，和「大仙」在一起是很快樂的。常常下班以後，我倆便去打籃球。「大仙」打球的姿勢很美：右手握球左一下右一下的拍擊，左手很有節奏的上下浮動，像優美的舞曲；身子前傾，突然，全身加快速度用力拍擊球，一個騰空，左手向下一按，很成熟很偉大的樣子。右手帶球在空中劃一道漂亮的弧線，球便飛向籃筐。「哇，帥極了！」雖然球沒進。「大仙」卻一直強調要注重形象，直到因過於注重形象被淘汰出校隊，「大仙」還悻悻地說：「你們不懂籃球藝術。」「噉」聲一片。

白天過得很充實，晚上回房間兩個人沒有什麼事，文藝台「887」是我們的精神晚餐。每次「大仙」總是先撥弄那台破舊的收音機半天，敲敲打打、搖搖晃晃，聲音才姍姍而來，我們躺在各自的床上聽著節目，會為一首歌的好壞而爭執，為播出一首嚮往已久的歌曲而興奮不已。夜深的時候，兩個人自然是「星空夜話」：聊人生，聊願望和理想，聊大學裏的一些趣事。「大仙」情緒很好的時候，會給我講他的戀愛史，那時如何的浪漫和精彩。當然，偶爾也牢騷滿腹。

「大仙」的幽默曾惹了不少笑話。一個週末，「大仙」的女朋友來看他，恰好被值班的招生辦主任看見了。問「大仙」：「這是誰啊？」「大仙」不好意思直說，哄主任：「這是我妹妹。」「哦！就是你上次說在家讀高中的妹妹嗎？」主任又確定一下。「大仙」「嗯」了一聲。第二天我回房間問「大仙」週末可愉快，「大仙」一臉苦惱，說別提了，心寒！原來，招生辦主任招生心切，聽說「大仙」妹妹在家讀高中，一天來了八趟做「大仙」和他「妹妹」工作，要他「妹妹」來我們學校讀書，門被他敲得不停。「大仙」又不好意思再解釋，氣得他女朋友罵他愚蠢，說下次再也不來了。這個故事流傳很久，後來在一次招生會議上，領導表揚招生辦主任的執著時說了這件事，在場教師狂笑不止。

還記得還有一次放假，我們幾個人一起去逛街，邊走邊聊天。忽然看見路邊有一條很漂亮的小狼狗，「大仙」說，這小狼狗不值錢，如果在它的脖子上掛個牌子，寫上幾個字就值錢了。「寫什麼字？」我們都看著他問。只見「大仙」在自己的脖子上比劃說：

「寫上我是正宗德國純種狗。」哈哈！我一聽忍俊不禁笑出聲來，他的女朋友也明白過來。笑著打他說你是什麼正宗德國純種狗，「大仙」知道自己說漏嘴了，但他裝傻，一本正經的問女朋友，我說什麼了？很無辜很委屈的樣子。他的女朋友以為他還沒有反應過來，又打他說：「你說我是正宗德國純種狗……」「你是狗打我幹嗎？應該咬我才對啊！」，「大仙」躲過她的「攻擊」，邊跑邊對她說。我差點笑出眼淚來。

「大仙」其實也有嚴肅的時候，在辦公室備課總是很認真。他經常為了講清楚一個問題虛心地向老教師請教，為他的教學設計苦思冥想。看他備課筆記上寫的密密麻麻工工整整的教案真讓人佩服。「大仙」說：這些可不能弄丟了，等我成了名師你們再拿去學習吧。

茫茫人海能和「大仙」在一起工作真是緣分，真慶倖在那個人生驛站中能遇上這麼一個幽默風趣的人，後來「大仙」跟著女朋友去江蘇工作，臨別的時候，我們在車站擁抱，「大仙」不無幽默地說：「校長讓我們一睡就是三年啊！」

想到這兒心裏竟充滿惆悵，於是敲打鍵盤，在QQ對話方塊裏給了他一個「馮鞏式」的幽默：「兄弟，我想死你了！」

與二十年擦肩

長假期間，有幸去宜城參加朋友的二十周年大學同學聚會，見證了一個相隔二十年的難忘的約會。本以為自己只是個局外人，很難參合其中。然而，沒有想到那份相隔二十年後同學之間真摯的友情一開始就深深地感染了我。「金秋十月，夢宜城」，這是他們的聚會，也讓我與二十年擦肩。

報導的那天，我在黃梅山莊大廳幫他們拍照，開始來的可能是主要的組織者，大家親切的握手過後就各自忙著接待工作。隨著時間的推移，三三兩兩的很多遠路的同學就不斷趕來，假期本來客人就很多，我搞不清哪個是他們的同學，就連負責組織接待的朋友一下子也很難辨認，大家都瞪著眼睛看著，互相打量，似曾相識，感覺熟悉而又陌生，叫不出名字，最後緊緊的擁抱，拍打著肩膀，激動得熱淚盈眶，相逢的喜悅感染了我的鏡頭，讓這個喜慶的節日充滿著溫暖。

晚上，他們在黃梅山莊拉開了「金秋十月，夢宜城」相約二十周年聚會，並宴請了他們當年的老師和院領導。二十年後的今天，他（她）們是名主播、教授、單位領導、企業家，但他們還是如二十年前那般虔誠地給兩鬢白髮的老師們獻花，再次聆聽老師們的教誨。二十年，為了一個夢想追尋／二十年，歲月讓我們如此感動。（男）那是執著追求的二十年／那是無怨無悔的二十年。（女）主持人的開場白點燃了二十周年聚會絢麗的煙花；二十年前，憧憬讓我們心潮澎湃，二十年來，我們充滿激情的生活，二十年後，我們依舊擁有世界……「老班」激情洋溢的發言讓晚會沸騰起來；讓我們感激老師，讓我們感恩生命中的每一個人，讓我們感謝生活。「書記」的話充滿感激和喜悅。這一夜，用青春邀美酒，不醉不歸。這一夜，舉杯、擁抱、拍照、憶舊、暢談，歡天喜地。這一夜，快樂和喜慶相撞，激情飛揚。這一幕幕的溫暖傳遞著每一個人，我和攝影的朋友一起分享他們的歡樂，與喜慶舉杯！

第二天上午，故地重遊，尋找往日的記憶，當年的宿舍早已翻蓋一新，教學樓更是今非昔比，只有那棵香樟樹還執著地聳立在路邊，見證他們二十年的變化。大家只能循著記憶中的路線，仔細辨認當年「生活和戰鬥過的地方」。他們在每一個地方拍照，拍學校、拍同學、拍二十年的時光，述說著曾經的往事。紅樓依舊，他們尋夢而來，在樓下他們再次合影，和二十年前的合影一樣莊重而嚴肅。一個個輪流邀請老師在「百年樹人」石牌前留影，忍不住坐進當年的教室，重溫當年上課的場景。最後，他們還參觀校史校情展，參觀新校區，為母校光榮的歷史和嶄新的未來而驕傲。

下午，他們開座談會。二十年後再次相會，有太多的話要說，有太多的情感要宣洩。喜悅的、狂熱的、驚奇的、慨歎的、傷感的……他們有的侃侃而談，有的說著俏皮話，有的選擇了幽默，最後還是「老班」倡議大家說出心中珍藏的故事。於是，「老班」的「悔恨」——當年沒有班費請為參加學校晚會辛苦排練的女生吃飯而感到抱歉的故事拋磚引玉，老總當年暗送心儀的女同學回家，自己最後卻流落街頭。領導五次去女同學家拜訪無果，女同學今天坦言「沒來電」。大詩人不但送了「秋天的菠菜」還送了飯票，最後

「路漫漫其修遠兮」。氣氛熱烈起來，大家嬉笑怒罵間使座談會變得像二十年前一樣和諧輕鬆。

晚上是個道別宴，感人的一幕不斷上演。在各個城市沒有來得及參加這次聚會的同學紛紛趕來，為了見同學一面還有在外省工作的也連夜趕來。晚餐因一個個趕來的同學而中斷，甚至還有當年別的班級的同學也從遠地趕來道別。喝酒，留影，喝酒，一切都在酒中。來不及細嚼更多的回憶，把友情統統倒進酒杯，調成滿盞滿盞的祝福，就著離別的傷感，一飲而盡。校長唱起了黃梅戲，把祝福送給在座的每一位朋友，一曲終了，一曲又起，歌聲不忍離別，聞訊趕來的黃梅戲演員也特意獻上了最美的歌聲和祝福。滾滾長江東逝水／浪花淘盡英雄……一壺濁酒喜相逢／古今多少事／都付笑談中。導演的歌聲在大廳回蕩，讓晚宴沸騰了，二十年的相逢啊！都在這時光定格的瞬間永恆。

然而，天下沒有不散的宴席，我又見證了他們的分別，黃梅山莊前，握手、再次擁抱、留影，捨不得離開，好多女同學緊緊的擁抱在一起哭了。二十年短暫的重逢又要分別，什麼時候才能再見一面？再一次約定，下一個二十年再相聚！保重啊！朋友。鏡頭前，我看著他們熱淚盈眶，那份真摯的友情難捨難分，霓虹燈下的送別，我相信是他們一輩子都難忘的一幕。

是的，二十年，讓青春放歌，讓生命燦爛，他們沒有虛度。二十年，奮鬥過，成功過，也失落過。但是，他們走過來了。二十年，已經過去，瀟灑地揮揮手。二十年之後，讓皺紋爬滿青春的臉龐，讓歲月流痕見證生命的尊嚴，那時，再團聚！

讓我們充滿激情的去生活！讓我們依舊擁有世界！

等待，是一種美麗

暑假，給培訓班的學生上課。記得第一天走進教室，學生在下面很吵，有的在準備學習工具，有的在相互交談，還有的在對我作「點評」。我沒有制止學生說話，更沒有指責他們，只是靜靜地笑觀他們。兩三分鐘後，學生漸漸安靜下來了，一個前排的女生小聲問我是不是生氣了，我說不是，我是在等待你們安靜。學生們聽了這樣的話，一下子安靜下來。其實，我知道有時候大聲的責怪並不比等待更好。

一次課間休息，我聽見學生在議論他們的班主任。有的學生說班主任很好，很關心他們；有的學生說班主任很熱情；還有學生說，班主任是很熱情，可有的時候他根本就不等我們把話說完就打斷了，根本就沒有理解我們的意思。學生的話讓我很受啟發，有的時候我們當老師的缺乏耐心，在學生說話時，往往不能聽完學生的話，就憑自己的主觀判斷來指責學生。我們不妨自問一下：我們有「等待」的習慣嗎？

學會等待，對於一個教師來說，那是在用發展的眼光看問題，意味著能夠用從容的心態對待工作、對待學生，不急於求成，不心浮氣躁，不奢望通過一次談話、一次說教來收到立竿見影的效果。學會等待，才能更好地走近學生，才能和學生用心靈去溝通。教育需要耐心的等待，會等待的老師，就不會操之過急，就會等待學生的覺悟和反省。而很多時候，我們缺少「等待」，常常等不及就要責怪學生，常常不等他們思考就把答案告訴他們，常常不等待他們去嘗試就扼殺了他們的思想。

聽說在北方有許多花兒，它們的花蕾往往會在枝頭掛很長時間，然後會在人們一不經意間突然「忽如一夜春風來，千樹萬樹梨花開」。為什麼花蕾在等待很長一段時間才突然綻放？因為北方地處高緯度地區，冬季一般比較漫長，春季短暫。聰明的花兒一直處於含苞欲放的狀態，等待開放的最佳時機。這些北方的花兒就因為善於等待而避開冬季的嚴寒，綻放在生機勃勃的春天。

我們應該向這些花兒學習，就像等待開放的花蕾，尋找最合適的時機。當然這種等待不是消極懈怠，不是毫無責任心的放縱，而是積蓄力量。對待學生也是這樣，也許嚴厲批評會收到一定的效果，但肯定沒有學生自己覺醒好。很多時候我們要允許學生思考、改正、自我反省。這個時候我們就要耐心的等待，對學生多一分理解，多一分信任，多一分寬容，在等待中讓學生自我成長！

釀文學11　PG0546

仰視一朵花開

作　　者	孫長江
責任編輯	林千惠
圖文排版	賴英珍
封面設計	王嵩賀

出版策劃	釀出版
製作發行	秀威資訊科技股份有限公司 114 台北市內湖區瑞光路76巷65號1樓 電話：+886-2-2796-3638　傳真：+886-2-2796-1377 服務信箱：service@showwe.com.tw http://www.showwe.com.tw
郵政劃撥	19563868　戶名：秀威資訊科技股份有限公司
展售門市	國家書店【松江門市】 104 台北市中山區松江路209號1樓 電話：+886-2-2518-0207　傳真：+886-2-2518-0778
網路訂購	秀威網路書店：http://www.bodbooks.com.tw 國家網路書店：http://www.govbooks.com.tw
法律顧問	毛國樑　律師
總 經 銷	聯合發行股份有限公司 231新北市新店區寶橋路235巷6弄6號4F 電話：+886-2-2917-8022　傳真：+886-2-2915-6275

出版日期	2011年5月　BOD一版
定　　價	290元

Printed in Taiwan

國家圖書館出版品預行編目

仰視一朵花開 / 孫長江著. -- 一版. -- 臺北市：釀出版,
2011.05
面； 公分. --（語言文學類；PG0546）
BOD版
ISBN 978-986-6095-05-4（平裝）

855 100004710

讀者回函卡

感謝您購買本書，為提升服務品質，請填妥以下資料，將讀者回函卡直接寄回或傳真本公司，收到您的寶貴意見後，我們會收藏記錄及檢討，謝謝！

如您需要了解本公司最新出版書目、購書優惠或企劃活動，歡迎您上網查詢或下載相關資料：http:// www.showwe.com.tw

您購買的書名：＿＿＿＿＿＿＿＿＿＿＿＿＿＿＿＿＿＿＿＿

出生日期：＿＿＿＿年＿＿＿＿月＿＿＿＿日

學歷：□高中（含）以下　□大專　□研究所（含）以上

職業：□製造業　□金融業　□資訊業　□軍警　□傳播業　□自由業

□服務業　□公務員　□教職　□學生　□家管　□其它＿＿＿

購書地點：□網路書店　□實體書店　□書展　□郵購　□贈閱　□其他

您從何得知本書的消息？

□網路書店　□實體書店　□網路搜尋　□電子報　□書訊　□雜誌

□傳播媒體　□親友推薦　□網站推薦　□部落格　□其他＿＿＿＿＿

您對本書的評價：（請填代號　1.非常滿意　2.滿意　3.尚可　4.再改進）

封面設計＿＿　版面編排＿＿　內容＿＿　文／譯筆＿＿　價格＿＿

讀完書後您覺得：

□很有收穫　□有收穫　□收穫不多　□沒收穫

對我們的建議：＿＿＿＿＿＿＿＿＿＿＿＿＿＿＿＿＿＿＿＿

＿＿＿＿＿＿＿＿＿＿＿＿＿＿＿＿＿＿＿＿＿＿＿＿＿＿＿

＿＿＿＿＿＿＿＿＿＿＿＿＿＿＿＿＿＿＿＿＿＿＿＿＿＿＿

＿＿＿＿＿＿＿＿＿＿＿＿＿＿＿＿＿＿＿＿＿＿＿＿＿＿＿

請貼
郵票

11466
台北市內湖區瑞光路 76 巷 65 號 1 樓
秀威資訊科技股份有限公司 收
BOD 數位出版事業部

....

（請沿線對折寄回，謝謝！）

姓　　名：＿＿＿＿＿＿＿＿＿　年齡：＿＿＿＿　性別：□女　□男

郵遞區號：□□□□□

地　　址：＿＿＿＿＿＿＿＿＿＿＿＿＿＿＿＿＿＿＿

聯絡電話：(日) ＿＿＿＿＿＿＿＿＿＿ (夜) ＿＿＿＿＿＿＿＿＿＿

E-mail：＿＿＿＿＿＿＿＿＿＿＿＿＿＿＿＿＿＿＿